JN070496

望まぬ不死の冒険者 [eighth 8] 丘野 優／Illustration じゃいあん

——《迷宮核》を巡る戦い。

リナの方に近づき、
それからその肩口をまくって、
その白い肌に向かって口を開く。

eighth

[8] 望まぬ不死の冒険者

The Unwanted Immortal Adventurer

著 丘野 優 Yu Okano

イラスト じゃいあん Jaian

登場人物紹介
Character

シェイラ・イバルス

冒険者組合《ギルド》受付嬢。レントの秘密を知る人物。

ロレーヌ・ヴィヴィエ

学者兼銀級冒険者。不死者《アンデッド》となったレントを補佐する。

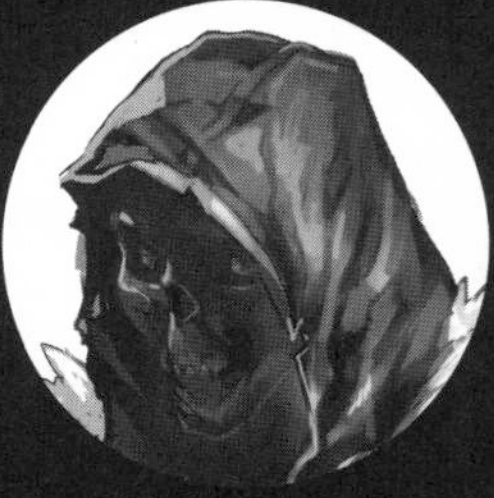

レント・ファイナ

神銀級《ミスリル》を目指す冒険者。迷宮の"龍"に喰われ不死者《アンデッド》となる。

エーデル

小鼠《プチ・スリ》と呼ばれる魔物。孤児院の地下でレントの血を吸ったことにより眷属化した。

アリゼ

孤児院で暮らす少女。将来の夢は冒険者。レントとロレーヌの弟子となった。

リナ・ルパージュ

屍食鬼《グール》となったレントを助け街へ引き入れた駆け出し冒険者。

ウルフ・ヘルマン

マルト冒険者組合長《ギルドマスター》。レントを冒険者組合《ギルド》職員に誘う。

イザーク・ハルト

ラトゥール家に仕えており、《タラスクの沼》を攻略するほどの実力を持つ。

ラウラ・ラトゥール

ラトゥール家当主。魔道具の蒐集を趣味とする。《竜血花》の定期採取をレントへ依頼。

ニヴ・マリス

金級冒険者であり、吸血鬼狩り《ヴァンパイア・ハンター》。現在、白金《プラチナ》級に最も近いと評価されている。

ガルブ・ファイナ

レントの大叔母にして、薬師の師匠であり、魔術師。

カピタン

ハトハラーの村の狩人頭。高度な《気》の使い手。

ヴィルフリート・リュッカー

大剣を武器とする神銀《ミスリル》級冒険者。幼少のレントと再会を約束する。

ジンリン

冒険者になる夢を持つレントの幼馴染み。狼に襲われ命を落とす。

ミュリアス・ライザ

ロベリア教の聖女。神霊の加護を受けており、聖気を操る特異能力者。治癒と浄化に特化した能力を持つ。

あらすじ

“龍”に喰われ、不死者《アンデッド》となった万年銅級冒険者・レント。魔物の特性である存在進化を用いて、屍食鬼《グール》への進化を果たす。リナの助けを得て都市マルトに済むロレーヌの家へと転がり込んだレントは、名前を偽り、再び神銀《ミスリル》級冒険者を目指すことに。故郷ハトハラーの村で鍛錬を積むレントとロレーヌは、マルトにいるエーデルの異変を察知する。流星亜竜リンドブルムに乗って急遽マルトに帰還したレントたちが見たものは、火に包まれ、屍鬼《しき》が闊歩する街の姿だった……。

CONTENTS

第一章　マルトの状況

ウルフが俺に対して、屍鬼《しき》と吸血鬼《ヴァンパイア》の捜索に参加するよう求めてきたので、

「それは構わないが……いいのか？」

俺はウルフに逆に尋ねる。

「何がだ？」

ウルフが首を傾《かし》げたので、俺は素直に言う。

「俺は……知っての通り、吸血鬼《ヴァンパイア》だぞ。確かに今回の騒動は俺が起こした訳じゃないが、それでも、もしかしたら向こうの味方をするかもしれないとか思わないのか？」

普通ならして当然の危惧だろう。

しかしウルフは、

「まぁ、その可能性はゼロじゃないかもな」

「だったら……」

「しかし俺から見れば、ゼロだ」

「え？」

即座に返答され、首を傾げる俺に、ウルフは呆《あき》れたように言った。

「お前、俺がなんでお前を冒険者組合職員《ギルド》に引き入れようとしていたかもう忘れたのか？　簡単に言や、お前の、冒険者たちやこの街に対する努力や献身を買って、そうしようとしたんだぞ。お前がこの街マルトと、そしてここに住んでる人々と、どれだけしっかり付き合って来たかも分かってるってことだ。そのお前が、こんな……ただ街を破壊しようとしている奴《やつ》らなんかに、たとえ同族だろうと協力するなんてわきゃねぇ。それくらい、簡単に分かる。そうだろ？」

その言葉に、俺は少し驚く。

買ってくれているとは感じていたが、そこまでしっかり見てくれていたとは思わなかったからだ。

自己評価が低いのかな、俺……。

いやいや、普通冒険者組合長《ギルドマスター》がそこまで細かく冒険者一人一人を見たりはしないだろう。

ウルフが特殊なだけである。

とは言え、彼の言っていることは正しい。

今のマルトの状況を見て、俺が何を感じているかと言えば、純粋な腹立ちだ。

せっかく田舎国家の辺境とは言え、平和に楽しく生きていたマルトの人々。

その生活を、おそらくは自分勝手な理由で滅茶苦茶《めちゃくちゃ》にされつつあるのだ。

俺はこの街も、この街の冒険者も、この街の人々も好きだ。

それをこんな風にされて、怒らないわけがない。

だから、俺はウルフに頷《うなず》く。

「……全く、その通りだな。分かった。捜索に加わってくるよ。ただ、探す場所は自分で決めていいか？」

こう尋ねたのは、大体こういう場合は捜索する区画を冒険者組合《ギルド》が管理して効率的に行うものだからだ。

そうしない場合もあるが、ウルフはこれで有能かつ合理的な冒険者組合長《ギルドマスター》である。

効率重視で作戦を組んでいるはずだった。

これにウルフは、

「別に構わねぇが……何かあてがあるのか？」

と即座に否定せずに尋ねて来た。

俺は答える。

「ああ、ちょっと伝手《つて》と言うか、あてがな。それに俺はこれで吸血鬼《ヴァンパイア》だ。下手に他の冒険者と行動して、疑われるのもまずい」

「そうだな、その心配もあったか。ま、お前なら大丈夫だと思うが、気をつけろよ。じゃ、行って来い！」

そう言われて、俺は執務室を飛び出し、街へと走り出した。

◆◇◆◇◆

冒険者組合《ギルド》を出て、俺は街中を走る。

とりあえずの目的地は決まっている。

街の状況が極めて切迫していたのでまずは状況把握を先にしたが、俺が戻って来た目的は第一にエーデルなのだ。

そのため、彼のところに行くのが先決だ。

後回しにしたのは、その生存がはっきりしたこと、そしている場所も含めて少しくらい放置しても大丈夫だろうと判断したからだ。

そもそも、俺とエーデルは普通の魔物とは違う。

不死者《アンデッド》に足を踏み入れたため、体が欠損しようが何だろうが、頭さえある程度無事なら問題なく再生できる。

頭が吹っ飛んだ場合どうなるのかはちょっと試すのが恐ろしいので分からないが、それでも時間さえかければ何とかできるのではないだろうか？

まぁ、試す気なんてないけどな。

さて、それでどこに向かっているかだが、マルト第二孤児院である。

アリゼとリリアン、それに孤児たちのいるところであり、かつエーデルの拠点でもある場所だ。

そこからエーデルの反応がある。

まだ気絶しているようだが、生きてはいるのは分かるので、まぁ、そういう意味では大丈夫だろう。

アリゼやリリアン、孤児たちの安否も気になる。

俺は急いで街中を走った。

そして、俺は孤児院に辿《たど》り着く。

ここまでの道のりで逃げ惑う人々は見たし、倒れて来た建材なんかに危なく押しつぶされそうになっていた者や、瓦礫《がれき》の中で苦しんでいた人などもささっと助けてきたが、肝心の吸血鬼《ヴァンパイア》や屍鬼《しき》の姿は見なかった。

ちなみに、人助けに大して時間はかかっていない。

やっぱりこの体だと、物をどけるのも避けるのもかなり簡単にできるからな。

昔だったら考えられなかった。

それだけ身体能力が変わっている以上、嗅覚など五感で吸血鬼《ヴァンパイア》や屍鬼《しき》を発見できるのではないか、と一瞬期待したが、どうやらそれは厳しいらしい。

やはり、ウルフが語っていたように、魔術による隠匿がなされているのだろう。

見た目だけでなく、匂いにも気を遣っているのだろうな。

俺の場合かなりからっからに乾いていたからそれほどでもなかったらしいが、屍鬼《しき》の湿り具合はなんというか千差万別だから……。

十分な栄養をとってないと匂いがやばいらしいと言われているほどだが、そこまで試さなかったので本当かどうかは謎だ。

ま、それはいい。

ともかく、孤児院だ。

今回ばかりは悠長にノッカーを叩《たた》いている暇などなく、扉を乱暴に開け放って俺は中に入った。

すると、

「レント!?」

即座にアリゼの顔が目に入る。

出入り口で短杖《ワンド》を構えてこちらに向けているのは、彼女なりに孤児院を守ろうとしているからなのだろう。

隣には槍《やり》を構えるリリアンの姿がある。

ぽっちゃりした中年女性だが、その腰の入り方には堂に入ったものがある。

……もしかして相当な研鑽《けんさん》があるのだろうか?

病気だった時は穏やかに横になっていたからそういった凄《すご》みも感じられなかったが、今の姿を見るとその可能性が高そうだな、と思う。

かなりの修羅場をくぐり抜けてきたような空気感がある。

「アリゼにリリアン殿。無事でしたか」

俺がそう言うと、アリゼが駆け寄ってきて俺の腰のあたりにしがみつく。

「……怖かった」

そう言うアリゼの頭を撫《な》でると、リリアンも近づいてきて、

「……屍鬼《しき》が現れたとの情報が伝わって来たもので、籠城していたのです。私も聖術使いですので、本来でしたら屍鬼《しき》狩りに打って出るべきなのでしょうが、孤児たちがおりますので……」

そう言った。

リリアンがどのくらいの実力かは正確には俺も知らないが、聖気をそれなりに持っていることは間違いないし、先ほど見た構えも確かな研鑽の感じられるものだ。

打って出れば屍鬼《しき》と相対しても十分に戦えるかもしれないが、しかし今回の場合は少し話が変わってくる。

なぜなら、

「いえ、仮に子供たちが大丈夫でも、やめた方がいいと思います」

「それはなぜ……？」

「どこまでお聞きになっているのか分かりませんが、今回出現した屍鬼《しき》は人に擬態しているようで、そうそう簡単には発見できないようなので」

この事実がなければ、聖術使いを各宗派にガンガン出してもらって退治してしまう、というのも考えられただろうが、どこにいるか分からない以上、冒険者が人海戦術で探してタコ殴りにした方

が効率がいい。

そもそも、聖術使いも色々だからな。

リリアンのように武術も修めていて十分に魔物と戦える、というタイプはむしろ少数派で、街々を回って聖気による祝福をするだけが仕事で、戦闘に関しては護衛に丸投げ、という方が多いはずだ。

そうなると、流石《さすが》にこの混乱した状況の中、街中に打って出ろとは言えない。

聖者・聖女たちをみすみすこの街で何人も失ったら後も怖いだろうし。

「擬態ですか……聖術で見破るわけには……」

「どの程度のことが聖術に出来るのか私には正確なところは分かりかねるのですが、数多くの街人の中から一体の屍鬼《しき》を発見することが可能なのですか？」

それが出来るのであれば、確かにやってもらいたくはある。

それか、やり方を教えてもらってもいい。簡単なら俺がやるという方法もあるからだ。

しかしリリアンは、

「……そこまで規模の大きいことは難しいですね。出来ないとは言いませんが、消耗が激しいです。何匹も探すともなるとこれはもう……やはり、私に出来ることは少ないようです」

そう言った。

まぁ、結局、今冒険者たちがやっている捜索の方が効率が良さそうだ。

確実性という意味ではいいかもしれないが、緊急事態と言うことで服を剝ぎ取ればいいわけだから無理に出てもらう必要もない。

リリアンにはこの孤児院の責任者として守るべきものもあるからな。

「そのようですね。孤児たちはみんな無事ですか？」

「ええ、アリゼも学んだ魔術で防衛を買って出てくれましたが、今のところ孤児院に侵入者などはありませんので」

「そうですか……ちなみに、地下の様子はご存じですか？」

なぜそんなことを聞いているのかと言えば、そこにエーデルがいるからだ。

あの小鼠《プチ・スリ》がこの孤児院の地下を塒《ねぐら》にしていることは二人とも分かっている。

これにはアリゼが俺にしがみついたままの顔を上げて答えた。

「エーデルのこと？　そう言えば、出てきてないね。こういうときは真っ先に這《は》い出して他の鼠《ねずみ》と話してそうなのに」

エーデルの鼠連絡網は結構広く、頻繁に鼠同士連絡を取り合っているのは知っている。

だからこそ、こういうときこそ、それの出番のような気がするが、にもかかわらず出てこないのは確かにおかしい。

俺は、

「とりあえず、地下室に行ってみます。二人は……奥にいた方がいいと思います。何かあったら、叫んでください。すぐに駆けつけるので」

そう言って、地下室に向かった。

◆◇◆◇◆

「おい、エーデル！」

叫びながら地下室に入ると、それと同時に足元に鼠が五匹ほど殺到した。

見れば、それはエーデルが一番初めに出会った頃に引き連れていた子分鼠たちであった。

エーデルの手下だからか、俺の力が少しは影響を与えているのか、他の小鼠《プチ・スリ》より若干賢く、人語や人の感情をある程度理解している。

そんな彼らが、俺のもとに集まって来たのだ。

やはり、何かあったようだ、と分かる。

「……エーデルは？」

そう尋ねると、五匹のうちの一匹が、地下室の端の方に向かって歩き出した。

案内ということのようである。

それほど広くはないが、色々と物資が積み上げられているので少し入り組んでいるのだ。

俺がそう言った荷物を避けながら案内についていくと、地下室の端の方で倒れ込む、一匹の黒い小鼠《プチ・スリ》の姿が目に入った。

エーデルだった。

「おい！」

慌てて駆け寄り、触れてみる。

死んでいるかのように見えるが、生きていることははっきりしている。

ただ、どのような状態かは問題だった。

触れてみると、問題なく息をしており、怪我《けが》も特に見られない。

……まぁ、俺たち不死者《アンデッド》に呼吸がどれだけ意味があるのかどうかは疑問だ。

俺が息しているのだって、どちらかというと擬態みたいなものだからな。

余裕がなくなると呼吸しなくなっている自分にたまに気づくので、その意味でエーデルにはまだ余裕があるということは分かるのだが。

つまり、ただ気絶しているだけのようだった。

これなら、無理やり起こしても問題ないだろうと、俺はエーデルに魔力と気を流し込む。

どちらも大分目減りしている様子だったからだ。

俺との距離が離れすぎていたから、補給が厳しかったのだろうか……。

分からないが、起きたら事情を……。

そう思っていると、

「……ヂュッ!?」

と、エーデルは唐突に目をかっと開き、起き上がった。

それからきょろきょろと警戒するように周りを見て、俺を発見すると、ほっとしたような雰囲気で、体の力を抜いた。

やはり、何か特別なことがあったようだ。

そんな風に警戒しなければならないような……。

しかし一体何が?

そんな俺の思考を、繋《つな》がりを通して読み取ったのだろう。

エーデルが意思と、映像を伝えてくる。

彼が見たものが俺の頭の中に鮮明に流れて来た。

……なんだか出来ることがどんどん増えているな。

前はここまで出来なかったような気がするが……まぁ、いいか。

使い魔が優秀であるのはありがたい話であるし。

「これは……迷宮の中、か？《水月の迷宮》……じゃないな。《新月の迷宮》か」

おそらくは、エーデルの支配する小鼠《プチ・スリ》の視点の映像なのだろう。

エーデルの動きより、拙く、鈍い。また、あまり賢い動きではないと言うか、鼠っぽい動きだ。

あっちにいったりこっちにいったりという。

しかし、確かに進んでいる。

そして、その映像がぱっと、一人の人物の姿を映した。

それだけなら別にいいのだが、その人物は、冒険者の首筋に噛《か》み付き、その口元から血を滴らせている。

それを発見した直後、

「……おや、覗《のぞ》きはよくありませんよ?」

という声と共に男が火炎を放ってきて、映像は暗くなる。

おそらく、これを伝えてくれた鼠は死んでしまったのだろう。

可哀想《かわいそう》に。

エーデルの怒りも伝わってくる。

仲間を殺された怒りだ。

それにしても、一体今のは……何者だ?

吸血鬼《ヴァンパイア》であるのは分かる。

あれは血を吸っているところで間違いないのだから。

しかし、知り合いではないな。

実際のところ、俺は吸血鬼《ヴァンパイア》ではないか、と疑っていた人物が何人かいたのだが、その誰でもない。

ただ……。

「見覚えがあるような……声もどこかで聞いた気がする……」

と考えて、あっ、と思う。

そうだ。

一瞬の記憶だったが、しかし、覚えている。

あれは以前、俺が《新月の迷宮》に潜った時のことだ。

豚鬼《オーク》を狩って、迷宮を出るときに、すれ違った奴がいた。

あの時の人物の声が、まさに今聞いた声と同じだった。

その人物のことを思い出し、あんなに以前からマルトの中にいたのか、と驚愕《きようがく》すると同時に、確かにあの頃から新人冒険者の失踪が起こり始めたこともあり、納得が胸に広がる。

会った場所も《新月の迷宮》であったし、すれ違ったのは、後に一緒に銅級冒険者試験を受けることとなった駆け出し冒険者、ライズとローラが魔物と戦っているすぐ近くだった。

偶然近くを通り過ぎただけと思ってたが、あの人物の正体も考えると……本当はライズとローラも狙っていたのかもしれない。

そこを俺が通ったために、後でことが露見することを恐れて、やめたとか……。

だとすればライズとローラは運が良かったのかもしれないな。

ともかく、これで街にいる吸血鬼《ヴァンパイア》、そしておそらくは新人冒険者を襲撃していた犯人が分かった。

冒険者組合《ギルド》に報告するべきだろう。

ただ、居場所は……。

今もまだ《新月の迷宮》にいるのかな？

そう、エーデルに繋がりを通して尋ねると、エーデルからは、分からない、と返って来た。

たった今、見せられた映像、それを最後に見失ってしまったということらしい。

まぁ、エーデルも視覚を繋げた先の鼠がやられた時の衝撃で気を失っていたわけだから、分からないのも当然と言えば当然である。

しかしそうなると……どうしたものか。

いきなり《新月の迷宮》に吸血鬼《ヴァンパイア》がいます！

などと言ったところで怪しい話だ。

それに、今も変わらず同じ場所にいるかどうかは分からない。

何か説得力が欲しいところだが……。

そう思って悩んでいると、

「……ん？　屍鬼《しき》たちの所在ならかなり把握している？」

そう、エーデルから伝わって来た。

曰《いわ》く、街の中にいる鼠たちから各地で奇妙な行動……放火やら徘徊《はいかい》やらをしている人物の様子が伝わって来ているらしく、おそらくは屍鬼《しき》であろうとのことだった。

エーデルの手下である小鼠《プチ・スリ》たちの大半は、エーデルのように特殊な強化が施されている訳でもないから、屍鬼《しき》を倒すことまでは出来ないものの、監視するくらいはお手の物と言うことのようだ。

うーん、そういうことなら……。

まずは、街中の屍鬼《しき》を掃討するのを先にした方がいいかもしれないな。

いくら吸血鬼《ヴァンパイア》が屍鬼《しき》を増やせる能力を有しているとはいえ、いくらでも簡単に、という訳にはいかない。

饅頭《まんじゅう》作りとは訳が違うのだ。

大体饅頭作りだってそれなりの手間暇がいるのである。

屍鬼《しき》なんて魔物を増やすのにも結構な手間が必要だ。

まず材料に人間が必要だし、そこから血を吸い取った上で、自分の血を分けてやらねばならない。

それで即座に屍鬼《しき》になる、という訳ではなく、ある程度、時間を置く必要もある。

つまりは熟成である。

……冗談だ。

しかし、人の身から魔物の身へと変化するために、本当に時間を置かなければ屍鬼《しき》にはならない。

怪しげな死体があったら即行燃やすべきだ、と言われることがあるが、それはそういう事情があるからだ。

いくら吸血鬼《ヴァンパイア》から屍鬼《しき》に変化させられている途中とは言え、燃やし尽くせば流石に消滅するからな。

ただ、そうはいっても例外はあって、それなりに吸血鬼《ヴァンパイア》側が負担を引き受ければ、短時間で完成する即席屍鬼《しき》も作れる。ただ、その場合はその吸血鬼《ヴァンパイア》の力がかなり目減りするようである。魔力の問題なのか、血の問題なのか、その辺は分からないが……まぁ、それはあまり気にしなくてもいいということだ。

そこから考えれば、今回、ウルフが言ったように百体近く屍鬼《しき》がいるかも、というのは今作っているという訳ではなく、長い時間をかけて作り、そして隠してきたのだろうという意味である。

時間がかかる、と言っても五分十分で出来ないと言うだけで、何日何週間と言う時間があれば、百体くらい作ることは決して不可能ではないのだ。

「よし、じゃあ屍鬼《しき》狩りから始めるか……ただ、その吸血鬼《ヴァンパイア》が《新月の迷宮》を出て、街に戻っている可能性もあるからな。もしそれらしき人物を見つけたら、そっちを優先するぞ」

エーデルにそう言うと、肯定の意思が返ってくる。

いつもながらに頼もしいと言うか、非常に便利と言うか……。

あぁ、あとそれに加えて、

「孤児院の方も見張っておいてもらえるか？　屍鬼《しき》がやってきたら、すぐにリリアン殿とアリゼに伝えられるように」

そう言うと、当然だ、と言う意思が返ってくる。

これで、当面の心配はなくなったかな……。

安心して屍鬼《しき》狩りに向かえる。

まぁ、その前に、リリアンとアリゼにエーデルの手下たちが孤児院を見張っていることを伝えた方がいいだろうが。

◆◇◆◇◆

「……そうですか。それは非常に助かりますわ。ありがとうございます」

リリアンにエーデルの手下たちの見張りについて伝えると、そう言われる。

リリアンは続けて、

「しかし、従魔をそのように使われて大丈夫なのでしょうか？　私も詳しくはありませんが、あまり沢山の魔物は従えられないと聞いたことがありますが……」

と心配を口にした。

エーデルたちが仕事をしない心配と言う訳ではなく、孤児院の監視の方に人手ならぬ鼠手を割いたら屍鬼《しき》探しの方に支障が出るのではないかと言う心配だった。

しかし俺は首を横に振る。

「俺が従えているというより、エーデルが従えている感じですからね……物凄《ものすご》く沢山手下がいるようで、その辺りは問題ありませんよ」

「なるほど、直接従えられる数が少なくとも、間接的に従えることが出来るということですか……」

リリアンは俺を従魔師《モンスターテイマー》だと思っているからか、感心したような表情である。

俺も俺で従魔師《モンスターテイマー》の常識は知らないから、これが普通なのかどうかも謎なので、一応、

「これは俺の秘密の一つなので、内緒にしておいてください」

と言っておいた。

実際、他の従魔師《モンスターテイマー》もやっていることかもしれないが、そうだとすると従魔師《モンスターテイマー》の情報収集能力がとんでもないことになるだろうからな。

しかしそんな事実はないし、これはエーデルのみが可能にしている特殊な能力と考えた方がいい。

まぁ、そのうち、従魔師《モンスターテイマー》の常識も仕入れた方が良いだろう。

父さん……インゴに聞いてもいいが、あの人もまた、一般的な常識からは外れた存在である。

もっとまともな、というか普通の従魔師《モンスターテイマー》の知り合いを見つけた方が良いな、と俺は思ったのだった。

◆◇◆◇◆

孤児院を出て、街中を走る。

エーデルを肩に乗せ、彼から伝わってくる指示に従い、道を選択する。

屍鬼《しき》らしき人物のところまで案内してくれている訳だ。

エーデル自身がどうやってその情報を得ているかといえば、それは街中にいる小鼠《プチ・スリ》の五感に《乗っかる》形で次々と視点を切り替えながら町全体を見ているらしい。

らしい、というのは俺はその情報を共有していないからそんな言い方をしている。

やろうと思ってもかなり厳しいのだ。

試しに少しだけ見せてもらったのだが、かなり負担がかかる。

自分でやろうという気にはならない。

対して、エーデルにとっては大した負担ではないらしい。

主《あるじ》である俺より優れた能力を持っていると言うのはどうなんだろうなと思うが、まぁ、従魔師《モンスターテイマー》の従魔にしろ、使い魔にしろ、多かれ少なかれそういうところはある。

従魔が飛べるからって俺の父さんが空を飛べる訳でもないからな。

……飛べないよな?

ただの中年親父《おやじ》の背中から羽が生えてきたらびっくりするぞ。

まぁ、俺がそんなようなものだけど。

ともかく、そういうところから考えると、エーデルが色々と出来るのは別におかしくもない。

単純な個人戦闘能力なら俺の方が上であるし、その辺で釣り合いはとれているだろう。

しかし、小鼠《プチ・スリ》は街の至る所にいるのだな、と改めて思い知らされる。

あまり気にしたことはなかったが、走っていると道の角や端っこに小鼠《プチ・スリ》の姿がいつも見える。

エーデルが視覚を借りている者たちなのだろう。

これだけ色々なところに《目》があるのなら、確かに屍鬼《しき》探しはたやすいだろうな……。

「……ヂュッ！」

エーデルが、とある人だかりの前でそう鳴き声を上げる。

どうやら、最初の屍鬼《しき》がそこにいるようだ。

しかし、近付いてみると、中々に難しい状況であることが分かる。

そこは広場だったのだが、おそらくは火から逃げて来た街の人々が集まっている様子だったからだ。

沢山の人がいて、誰が屍鬼《しき》なのかパッと見では分からない。

魔術による擬態をしているのだろう、見かけでは一切区別はつかない。

けれど、エーデルにはそれが分かっているようだった。

頭の中に、屍鬼《しき》である人物が誰か、伝わって来た。

それは広場の真ん中、噴水に腰かけている一人の男である。

髭面《ひげづら》の、しかしどこにでもいるような壮年の男で、周囲を警戒するように見ているその様子は、
ただ火災の脅威から逃れて来た一般人であるようにしか見えない。

これが屍鬼《しき》だ、と言われても誰も信じやしないだろうという様子であった。

けれどエーデルは彼が確実にそうだと言っている。

そうである以上、俺がすべきことは一つだ。

「……すみません」

話しかけると、男は、

「なんだ？　兄ちゃん。あんたも逃げて来たのか」

と特に怪しいところの無い様子で返答してくる。

なんか腹が立って来るな。

屍鬼《しき》なのに人間面してふざけるな、とかじゃなくて、流暢《りゅうちょう》に喋《しゃべ》ってるところについてだ。

俺が屍鬼《しき》だったころを思い出してほしい。

死ぬほど喋りにくかったんだぞ。

それを……くそう。

そんな気分である。

しかし、俺はそんな心の内を隠しながら尋ねる。

「いや、俺は冒険者だよ。街に火をつけた奴らを追って色々歩き回ってるんだ」

そう言うと、男は少し、ぴくり、としたがそれでもほとんど無反応を貫いている。

「へぇ、そうなのか。だったら早く見つけてくれ。俺も街をこんな風にした奴らは許せねぇんだ。

頼むよ……」

おかしな返答は一つもない。

そして、だからこそ、恐ろしかった。

こんなものがそこらに潜んでいれば、人間にはほとんど見つけようがない。

その結果として、今回の騒動が起こった訳だが……。

ともかく、さっさと正体を暴いて、退治しよう。

その前に、うまいこと生け捕りにして、出来れば他の屍鬼《しき》や、吸血鬼《ヴァンパイア》に繋がる情報を何か吐かせられないかと思うのだが……。

俺は、男に言う。

「ああ。そうするさ。ところで、その犯人は屍鬼《しき》みたいなんだ。悪いけど、おじさん。あんた、その服、脱いでくれないかな？」

「……なんでだよ。見りゃ分かるだろ。俺は人間だ」

「だったらいいなとは思うけど、そうじゃないかもしれない。屍鬼《しき》ってやつは体が腐れ落ちているから、脱いでもらえば分かるんだとさ。さぁ」

そう言って迫ると、男は腰かけていた場所から立ち上がり、後ずさり始めた。

「そんな必要はねぇ。俺は人間だ……人間だ……」

……うーん。

嘘《うそ》とかその場しのぎで言ってる感じではないが、しかし、男が屍鬼《しき》なのは間違いないのだ。

俺はさらに迫ったが、男は急に走り出して、広場にいる他の人間に手を伸ばそうとする。

これは、もう話してどうにかなる感じではなさそうだ。

俺は腰から剣を抜いて、男に切りかかろうとした。

しかし、

——ボウッ!!

と、どこかから大砲を撃つような音が鳴り響き、そして次の瞬間には、男の体が燃え始める。

それは、赤くない、青白い炎だった。

これは一体……。

そう思って、炎が放たれた方向を見てみると、そこから一人の人物が現れる。

「……おっと、これはこれは。レントさんじゃないですか！　お久しぶりですね？」

現れたのは、くすんだ灰色の髪に、爛々《らんらん》と輝く赤い瞳を持った、凄みのある美しい女性だ。

美しいと言っても、その頭にははかなげな、という形容は絶対につかないタイプである。

あえて言うなら、猛禽《もうきん》のような、とか、肉食獣染みた、とかそんな感じだ。

しかし、不思議なことにそうであるにもかかわらず、どこか清さをも感じさせる。

俺の二十五年の人生で、彼女以外に出会ったことがないタイプの女性である。

つまりは……。

「ニヴ様」

「様付けはやめてください。ニヴさんくらいでいいですよ。私たち、冒険者の先輩後輩の仲じゃないですか」

確かにそうだが、なんだかこの人とはあんまり距離を縮めたくないんだよな。

しかし、そう言われては断りにくい。

仕方なく、

「……ニヴさん。どうしてこんなところに？」

「そんなことは簡単です。今こそ私の大活躍のときじゃないですか。こいつのようなものを、焼き尽くす好機ですよ」

そう言って、未《いま》だに青く燃えながら苦しんでいる男を蹴り飛ばす。

熱くないのか、と思うも、おそらくあれは普通の炎ではない。

同じく近くにいる俺にも熱さは感じられないからだ。

聖術によるものなのだろう。

ちなみに、広場にいる他の人々は、俺たちの様子を見てドン引きしている。

傍《はた》から見ればいきなり中年男を燃やした魔術師と、その魔術師と親しげに会話している仮面とローブの怪しげな男に見えているだろうから、そりゃそうだという話だ。

ちなみに青白い炎だが、周りの反応から見るに普通に一般人にも見えているのだろう。

聖炎ではなく、聖術による炎で、見せても問題ないからかな。

それにいきなり何もしていないのに男が苦しみ始めたら周囲に脅威を与える、という配慮もある……可能性もないではない。

ニヴがそんな配慮するとは思えないが。

しかし見えるようにしてしまっていることで別の危惧が生まれる。

一般人をただ燃やした、となれば司法騎士なんかに捕まる。

俺はそれを避けるためにわざわざ七面倒くさい問答をしていたという部分もあったというのに。

一体この場をどう収拾するのか……と思っていると、

「おや、この程度では致命傷にはならなかったようですね。流石は血吸虫の眷属《けんぞく》。頑丈だ」

と、ニヴはその一見純粋そうに見えるくりくりとした目を燃える男に向ける。

男は燃えながらも、俺とニヴを睨《にら》みつけていた。

……俺は関係ないだろ。

攻撃したのはニヴなんだからニヴだけ睨んでくれ。

そう思うが、まぁ、屍鬼《しき》だと分かったら攻撃していたのも事実だ。

仕方がないと言えば仕方がない。

そう思って構えると同時に、ニヴが周囲を見渡して、叫んだ。

「……みなさん！　突然のことで驚かれたでしょう。しかし、何を隠そう、この男は人の中に紛れた魔物、屍鬼《しき》なのです！　これだけの火炎に包まれながら、尚《なお》も動き、私たち人間を睨みつけているのがその、証拠！　さぁ、皆さん、離れてください。私、金級冒険者ニヴ・マリスと、その助手レント・ヴィヴィエがこの魔物を討ち滅ぼします！」

……一応、収拾の付け方も考えてはいたらしい。

何も考えていなかったのかと思ったが……炎にしてもあえて若干弱めにしたのかもしれない。

魔物の耐久力と言うのは人間とかけ離れているからな。

ちょっとやそっと燃えたくらいで死にはしない。

ただ、ニヴの放ったのは聖術系の炎であり、屍鬼《しき》の男の体を浄化するものだ。

結果として、男の体は、屍鬼《しき》としての再生力と、聖気の浄化による浸食とが拮抗《きっこう》して、ぼろぼろと崩れ、また再生して、を繰り返しているような状態にある。

これを見て流石に人間である、と主張する者はいないだろう。

周囲の人々も、男が魔物であることをやっと理解したようで、蜘蛛《くも》の子を散らすように広場の中心部から距離をとって端の方へと逃げていった。

ただ、それでも完全に広場からいなくならないのは、この戦いの行く末を見たいと言う野次馬心からだ。

冒険者が魔物と戦っている様子など一般人は間近で見る機会がないし、それに加えて今回の相手は屍鬼《しき》である。

どこそこの街で吸血鬼《ヴァンパイア》の群れが見つかった、屍鬼《しき》も沢山いたみたいで、街の人が大勢犠牲になったらしいよ、などというニュースを新聞や世間話で見聞きする機会があっても、実際に目にすることはほとんどない魔物の一種である。

退治されるところを目に焼き付けて、後々喋るネタにしたいというところだろう。

緊急事態において、たくましすぎる気もするが、辺境都市の人間など大体がそんなものだ。

勇気と暴勇、そのどちらともつかない勇敢さを持ってしまっている。

まぁ、それでもいざというときはしっかり逃げてくれるだろうし、それほど心配しなくてもいいだろう。

「さぁ、レントさん。やりますよ」

ニヴが口の端をにぃと引き上げて、楽しそうに俺に言った。

「……勝手に助手にしないでくれませんかね、ニヴさん……」

文句を言いつつ、屍鬼《しき》と相対する俺。

ニヴはそれに対して、

「別にいいじゃないですか。お給料を出してもいいですよ……っと!!」

そう言いながら、屍鬼《しき》の男との距離を詰める。

武器は……持っていない？

いや……。

男との距離が縮まったところで、ニヴはその腕を振るった。

何も持っていないように見えるが、フォン、という音が聞こえる。

男はそれをしっかりと見ていたようで、飛び上がり、避けた。

がぎり、という音が鳴り、地面から火花が出る。

「……鉤爪《かぎづめ》か」

俺がそう言うと、ニヴは、

「ええ。剣も普通に使うのですけどね、やっぱり、吸血鬼《ヴァンパイア》を殺す感触はこの指先で楽しみたいものですから……」

そう言って来た。

悪趣味にもほどがあるが、まぁ、こいつらしいと言えばこいつらしい。

ニヴはさらに続けて、

「ふむ、しかし、思ったより身体能力が高めですね。比較的上位の個体のようです。レントさん、二人で攻めましょう」

そう言ってきたので俺は頷く。

ニヴはこれで金級である。

別に一人でも余裕なんだろうが、色々と考えがあるのだろう。

身体能力を見ていることから鑑みて、今回の親玉であろう吸血鬼《ヴァンパイア》の実力を推測しているとか。

俺は剣を構え、屍鬼《しき》との距離を詰める。

すると屍鬼《しき》は驚いたような顔をしたが、しかしそれでも腕を振るって来た。

その指先は、爪が不自然に伸びており、それこそが彼の武器なのだろう。

しかし、俺はそれを避け、腕を落とす。

伸ばしてきた腕を切り落とすのは、至極簡単なことだった。

さらに、後ろからはニヴが迫る。

彼女の鉤爪は男の首筋を狙っており、

「いきますよっ……！」

そう言った瞬間、目にもとまらぬ速度で振るわれた。

一瞬のあと、男の首筋に赤い一本線が入り、横にずれる。

そしてぼとり、と男の首が落ちて、切れ目からどくどくと黒ずんだ血が流れて来た。

恐ろしいのはそれでもまだ、男の首の方は生きていて、しっかりとニヴを睨みつけていることだろう。

体の方も、膝を突いてはいるが崩れ落ちてはいない。

恐るべき生命力……いや、死んでいるからちょっと違うか。

良い言い方が思いつかないが、耐久力の高さは他の魔物の比ではない。

不死者《アンデッド》というだけある。

俺もこれくらいは可能なのだろうな……そう考えるとちょっと気持ち悪い気もする。

ただ、こういう存在でも消滅させる方法はもちろんある。

それがなければ、吸血鬼《ヴァンパイア》はどうやったって倒せないということになってしまうからな。

そうはならないのだ。

ニヴはとことこ歩いて、屍鬼《しき》の首を拾うと、何か呪文のようなものを口にした。

すると、手に持った屍鬼《しき》の首が勢いよく燃え始める。

先ほどの炎よりも強力なのだろう。

男の首は再生することなくぼろぼろと崩れていき、そして最後には灰になって消えていった。

首が消滅するのとほぼ同時に、体の方もさらさらと砂になって消えていった。

男が人間であればまず、起こらない現象である。

後に残されたのは、屍鬼《しき》のものと思《おぼ》しき魔石が一つだけ。

それを拾って、ニヴは俺に放って来た。

「とりあえずの報酬です。まぁまぁ高く売れるんですよ、それ」

そんなことを言いながら。

屍鬼《しき》の魔石。

報酬としては確かに悪くはないだろう。

吸血鬼《ヴァンパイア》系の魔物は人の中に紛れて生きることが出来るという特性があるため、その魔石は中々に手に入れにくく、高く引き取ってもらえる。

その事情は、吸血鬼《ヴァンパイア》系統の魔物としては下級の魔物でしかない屍鬼《しき》であっても変わらない。

それに加え、今の状況においては、屍鬼《しき》は緊急に討伐する必要があると冒険者組合《ギルド》から通達されているため、更に高値がついている。

つまり、この魔石は今、ちょっとした宝石のような価値があるのだった。

「いいのですか？」

俺がニヴにそう尋ねると、彼女は言う。

「ええ。私は別にお金が欲しくて吸血鬼狩り《ヴァンパイア・ハンター》をしている訳ではないですからね。倒せればそれでいいのです」

……それはそれで嫌すぎないか？

金が目的だと言われた方がなんとなくだがほっとできる。

人間的な感覚が見えてさ。

こう言われてしまうと……吸血鬼狩り《ヴァンパイア・ハンター》に飢えているただのヤバい奴になってしまうじゃないか。

……それで間違ってないのか。

「おっと、何か失礼なことを考えていますね？」

「いえ、別に……」

答えた俺を、疑わしそうな目で見るニヴであった。

その表情は、顔だけ見れば見とれるような美人なのだが、目の輝きがな。

直視したくない何かなのだ。

それこそ飢えた魔物の血走った眼《め》に雰囲気が似ている。

見たら死ぬ感じ。ああ嫌だ。

しかし、ニヴはふっとその目から力を抜くと、

「……まぁ、いいでしょう。それより、レントさん。こんな時なのです。ちょうど偶然出会ったことですし、私と行動を共に……」

と言いかけた。

しかし、その瞬間、

「……ニヴさん！」

とニヴの後方から声がかかる。

そちらを見てみると、走ってきているのは神官衣に身を包んだ、銀色の髪と紫水晶の瞳を持った女性だった。

つまりは、ロベリア教の聖女、ミュリアス・ライザだ。

ニヴはその声に一瞬眉を顰《ひそ》めるも、すぐに微笑《ほほえ》みを作って振り返る。

……なんか嫌なところ見たな。仲悪いのか？

と俺は思ったが、ニヴはその心の内が全く読めない。

特に意味のない表情なのかもしれないし、もしかしたら俺に何かを誤認させたいが為《ため》に作った表

情なのかもしれない。

あまり深く考えるのも危険な気がした。

「おやおや、ミュリアス様。そんなに走っては聖女らしさが半減しますよ。貴女《あなた》はただでさえ聖女っぽくないのですから……」

口に出した一言目が軽い罵倒だった。

ロベリア教は大陸でも群を抜いて巨大な宗教団体なのに、本当に度胸がある奴だな、と俺は思う。

ミュリアスは、ニヴの言葉にイラッとした表情を一瞬覗かせるも、すぐに引っ込めて、

「もとはと言えば、貴女が突然走り出すからではないですか。一体……」

そこまで言ったところで、地面に積み上がった灰を見つけて、

「……これは？」

と尋ねて来た。

まぁ、尋ねてきている時点で、すでにそれが何なのかは想像がついているようである。

街の状況もロベリア教の聖女ならある程度摑《つか》んでいるだろうしな。

ニヴが答える。

「もちろん、低級な血吸虫の成れの果てですよ。私とレントさんでやっつけました」

虫扱いは酷《ひど》いが、昔からある吸血鬼《ヴァンパイア》に対する罵倒の一つでもある。

吸血鬼《ヴァンパイア》が嫌いな奴はそういう言い方をすることが少なくない。

ニヴの言葉にミュリアスは頷き、

「なるほど……ですから急に」

と納得したらしい。

ニヴは続ける。

「こいつは人に擬態していましてね。見た目上は酷く判別しにくかったのですが、レントさんが問答で少しずつ化けの皮をはいでいったのです。そして、人に襲い掛かろうとしたので、私が聖術による浄化を試みました。結果、やはり屍鬼《しき》だったようで……間一髪でしたね、レントさん」

……俺が会話をしていたところを結構聞いていたようだ。

一体いつから……。

それがあったから、ニヴは屍鬼《しき》であると判断して聖術を使った訳か？

そうだとしたら、人に襲い掛かろうとしている奴だから、急に聖術をかけても許されはするよな……。

そうは思ったものの、一応尋ねておく。

「ニヴさんは、あの男が屍鬼《しき》だといつ頃気づいたのですか？」

「確信したのは……やはり、人に襲い掛かろうとしたときですね。ただ、この広場から屍鬼《しき》の匂いはしていましたから。鼻が利くんですよね、私は」

それが比喩的な意味なのか、物理的な意味なのかはよく分からないが……そのどっちだとしてもニヴらしいと言えばらしい。

勘で見つけ出しそうなところもあるし、俺が人血ソムリエなのと同様に吸血鬼《ヴァンパイア》ソムリエだったとしても別におかしくはない。

吸血鬼《ヴァンパイア》の匂いを嗅ぎながら「うーん、これは大体三百年ものの吸血鬼《ヴァンパイア》ですね！　よく熟成されています。私の手にかかってお亡くなりになる価値がありますよ！」とか笑顔で言っている様が頭の中で思い浮かぶ。嫌すぎる。

そんな風にドン引きしているのは俺だけではなく、ミュリアスも同様のようで、

「……左様でしたか」

と呆れたような顔で言っている。

ともかく、ニヴとミュリアスは今でも一緒に行動しているようだ。

俺と会った時はともかく、今はもう、ニヴの方はあんまり乗り気ではなさそうだが、その辺りは俺には関係ない話だな。

というか、もうここにいた屍鬼《しき》は倒したのだし、ニヴとは離れたい。離れよう。

そう決めた俺は、言う。

「さて、俺は他に屍鬼《しき》がいないか探したいので、そろそろ行きますよ、ニヴさん、それにミュリアス様。お二人の未来に光がありますように」

ロベリア教の祝詞を適当に唱えて、そそくさと広場を出るべく走り出す。

そんな俺の背中に、

「あっ、レントさん！　レントさーん！」

と、ニヴの叫び声が聞こえてくるが、無視だ。

幸い、今回はただ逃げたというわけではなく、俺、仕事ですから、という言い訳ががっつりあるのだ。

ニヴとロベリア教との関係が一体どういうものなのか、未だに見当もつかないが、それほど何度も聖女であるミュリアスを振り切ってどこかへ行く、というのは流石にニヴでもしないんじゃないかという期待もあった。

実際、しばらく走って後ろを振り返っても、ニヴの姿はなく、追いかけてくる様子はない。

……助かったかな。

そう思いつつ、俺は次の屍鬼《しき》を探すべく、街を走る。

◆◇◆◇◆

「……うぎゃぁぁぁぁぁ!!」

三匹目の屍鬼《しき》の首を切り落とし、聖気で浄化しているとそんな悲鳴が上がる。

実際には冒険者が魔物を倒しているだけなのだが、客観的に見るとただの快楽殺人鬼に見える行動である。

周囲にいる街の人も若干引き気味だが、流石にニヴの時とは違ってしっかり屍鬼《しき》であることを明らかにしてからやってるので捕まったりする謂《いわ》れは全くない。

それにしても……。

たくさんいるかも、とウルフが言っていたが本当に結構な数の屍鬼《しき》がいるので驚く。

そのどれもがかなりしっかりと喋っていることも。

俺が屍鬼《しき》だった時とは偉い違いだ。

俺との違いは何なんだろうな……慣れとか？

加えて俺の場合は声帯あたりが腐っていたのかもしれない。

屍鬼《しき》の体はどの部分が崩れていたり腐っていたりするのか、かなり個体差があるからな……。

俺は運が悪かったのだろう。

まぁ、普通の人間として暮らしていただろうに、屍鬼《しき》になってしまった時点で運が悪いのは俺も彼らも同様だろうが。

今回、屍鬼《しき》たちは結構良く喋るが、それでも生前の自我を保っている、とかそういうことはないと言われている。

そのように振る舞っていても、それは相対する人間を騙《だま》す為の擬態に過ぎないのだと。

実際のところは……どうなんだろうな。

問答を重ねていくと色々と矛盾が出てくる為、正しいんだろうが、それでも人のように振る舞うために倒すのは後味がよくない。

それでも倒さなければならないのは放置しておくと人を襲い、その血肉を食べ、いずれは吸血鬼《ヴァンパイア》となって、人の脅威となるからだ。

……そろそろいいかな。

焼き魚の火加減を見るような感覚で浄化している屍鬼《しき》を見ると、その大半が灰に変わっていた。

これでもう再生は不可能だろう。

ちなみに、他の冒険者たちは聖水をぶっかけることによって対応しているはずだ。

本来まぁまぁ値の張るアイテムであるが、今回は冒険者組合《ギルド》が支給してくれている。

まぁ、そんなことせずとも、屍鬼《しき》を前にして、「吸血鬼《ヴァンパイア》だよ、ニヴちゃん！」と呼べば「はーい」とか言いながらやってきそうな冒険者もいるが、流石に体は一つしかないから……ないよな？　一人で街の各地で呼ばれても対応しきれないだろう。

他にも街に滞在していたらしい聖者・聖女の姿も屍鬼《しき》を捜索している中、見かけた。

彼らは聖術使いであるから、屍鬼《しき》に対する攻撃力が絶大なのだ。

とは言え、戦闘技能まで有している者は稀《まれ》なので、とどめを刺す係として働いているようだが。

浄化専門の聖者なら街一つ覆えるくらいの浄化を使えるらしいので、今ここにいればとても活躍してもらえるだろうが、流石にそこまでの奴は滅多にいないからな。

一国に一人いるかどうか。

しかも雇うには莫大《ばくだい》なお布施が必要だったりする。

こういう時くらい負けてくれても……と思わないでもないが、こういう時に負けたら使いどころもないしな。

あまりにも強力すぎる力は使いどころが難しいのだ。

それにしても、今回の吸血鬼《ヴァンパイア》の目的は一体何なのだろう。

街に火をつけて、混乱させて、何をどうしたいというのか……。

目的が見えないな。

これだけ大きな群れをつくったのなら、それを基礎に少しずつマルトを浸食していく方がいいような気がするが。

……それはそれで大変かな？

屍鬼《しき》はそれほど血は必要ないが、下級吸血鬼《レッサーヴァンパイア》にもなれば血は大量に必要になる。

それくらいの吸血鬼《ヴァンパイア》が増えている痕跡が見つかれば、間違いなく吸血鬼狩り《ヴァンパイア・ハンター》たちが大挙して押し寄せてくる。

そうなる前にことを起こしたかった？

うーん、納得出来るような出来ないような……。

考えても分からんな。

とりあえず、屍鬼《しき》狩りを再開しよう。

全部狩りだしてしまえば、本体というか、親玉も出て来ざるを得なくなるだろう。

そうならずとも、マルトから去るのならそれでもいいし。

あとどれくらいいるのかは分からないが、エーデルのお陰で次の獲物の居場所も分かっている。

「さぁ、次だ」

俺は肩に乗るエーデルにそう言って、再度走り出した。

◆◇◆◇◆

「……これだけやってもまだ、奴は出てこないのですか」

《新月の迷宮》、そのどこかで、そんな声が響く。

低く、憎しみに染まったようなその声は、その場にいる数人の者たちに向けられていた。

年端もいかぬ少年少女たちが、脂汗を流しながら瞑想《めいそう》している。

息も激しく、尋常ではない疲労が見られた。

しかし、そんな彼らに囲まれるように中心に立って、少年たちを見つめるその男の瞳に同情の色はない。

そこにあるのは少しのいらだちと、道具が壊れないかという酷く無機質な心配の気持ちだけだ。

そんな中、

「……うぐっ！」

少年たちの一人が血を吐いて体勢を崩す。

男はそれは見て、またか、と頭を押さえる。

「……今度はどこです？」

男の質問に、少年は答える。

「第二商業区画の屍鬼《しき》がやられました」

「ふむ……別にやられるのは構わないのですが、見つけるのが少し早すぎますね。この調子ですと奴が出てくる前にすべて消耗してしまいそうです」

男の独り言染みた声に、少年が尋ねる。

「……本当にこの街にいるのですか？」

その言葉に、男は頷き、

「ええ、必ず。突き止めるのにかなり手間がかかりましたが……この街に確実にいます。が、どこにいるのやらは分からない。表舞台に出る気がないのでしょうね。しかしそれでは困るのですよ」

「その方の力が借りられれば……」

「そうです。目的に大きく近づく……。そのための我々の活動です。皆さんには負担をかけてしまっていますが、それもこれもすべては我々の未来のため。分かっていただけますね？」

そう言って男が見回すと、少年少女たちは集中しながらも、深く頷いた。

男は、彼らにとって間違いなく希望だった。

これまで生きてきてずっと、見られなかった光を見せてくれたからだ。

だから……。

少年少女たちは屍鬼《しき》を操る。

この力も、男によって与えられたもので……。

男はそんな少年たちを見ながら、ふっと微笑んだ。

◆◇◆◇◆

屍鬼《しき》に限った話ではないが、不死者《アンデッド》というのは大抵が悲惨なものだ。

そうなれば永遠を手に入れられるというのは事実だが、それを手にした時、その人物は人であったときとは別人なのである。

不死者《アンデッド》は一度死に、そしてその死体に新しい自我が宿るためだ。

なぜそんなことが起こるのか、不死者《アンデッド》になる前の人格はどこへ行ってしまうのか。

議論は尽きないが、その全ては未だ、明らかになっていない。

ただ、それでも不死者《アンデッド》になる前と、なった後は別人。

これは、事実であるとされ、人々にもそう受け入れられている。

その理由は色々とあるが……大きく影響しているのは宗教関係者の考えだ。

彼らは不死者《アンデッド》を不浄なるものと定め、浄化することを至上としている関係上、不死者《アンデッド》の存在を認められない。

生前と同じ姿を保っていても、それを同一の存在だと認めることは、彼らには出来ない。

と言っても、俺は別に、その考えを批判はしない。

ただ彼らは立場的にそう出来ないという事実があるのだなと思うだけだ。

そして、彼らの主張の大事なところは、それが事実であると半ば証明されているという点にある。

つまりそれは、俺が先ほどから屍鬼《しき》に会うたびにしている質問とその回答だ。

不死者《アンデッド》たちは、生前のことを尋ねられると、どんどんとボロが出て、矛盾だらけになっていく。

そういう性質がある。

本当に生前と同一人物なら、そんなことは起こらないはずである。

まぁ、体が腐り落ちているわけだから、記憶の欠損や混濁が見られる、と解釈することも出来るが……この辺は難しいところだな。

仮にそう解釈したとしても、不死者《アンデッド》たちは例外なく人を襲う。

上位の吸血鬼《ヴァンパイア》など、理性がある存在もいるが、それでも彼らは本質的に人を襲うのだ。

そして、そんな性質を抱えているものを、自分の家族や友人、恋人として受け入れられる者などほとんどいない。

だから、歴史的に不死者《アンデッド》たちは、そうなった時点で、もう、別人なのだ、と理解されてきた。

それが故に討伐される。排除される。

けれど。

人間というのはそんなに簡単なものではない。

考えても見てほしい。

自分の親兄弟でもいい。

恋人でもいい。

何かの拍子に死んでしまって……それで、それを実感出来ない間に、生前と変わらない姿で目の前に現れたら？

その口で、その声で、その仕草で、自分の知り合いであると確信出来るような様子を見せたら？

即座に拒否出来る人間は少ないのではないだろうか。

それは人の優しさか、甘さか、それとも、弱さなのか。

分からない。

ただ、俺にとって、ロレーヌたちが示してくれたそのような態度は、優しさだった。

でも……。

「……なんで、なんでよ！　どうして……」

今、俺の目の前で行われているそれは、どちらなのだろうか。

俺には何とも言えない。

◆◇◆◇◆

そこには冒険者が集まっていた。

と言っても、当然、この街の冒険者全員、とかいう訳ではない。

大体十人ほどだろうか。

その中には本来、冒険者組合《ギルド》で指示を出しているはずの冒険者組合長《ギルドマスター》であるウルフもいて、何か特殊な状況であることが見て取れた。

実際、この状況は非常に特殊……とも言えないいか。

俺は運が良かっただけで、むしろ、今日のマルトではこんなことがそこかしこで起こっていても何も不思議ではない。

冒険者たちは、一人の少年を囲んでいた。

いや……正確にいうなら、ただの少年ではなく、屍鬼《しき》か。

その目は血走り、破けた服の内側には、腐り落ち、干からびた皮膚と肉が見える。

顔も……擬態のための魔術が解けているのか、傷や穴がかなりあるのが分かる。

つまりは、屍鬼《しき》狩りの一環な訳だが、問題はその屍鬼《しき》が、冒険者の格好をしていることだろう。身に付けている装備類や、その年齢から新人だな、となんとなく察することが出来る。

そしてその屍鬼《しき》の前にはウルフがいて、いくつか質問を重ねていた。

「……お前、名前は？」

「ティータ・ウェル……鉄級冒険者。まだ新人だけど、これから頑張って銅級になるんだ。それで、故郷の両親に仕送りをして……妹にも一杯嫁入り道具を持たせてあげたい……」

「いつ、屍鬼《しき》になった？」

「……屍鬼《しき》？　僕はティータ・ウェル。鉄級冒険者……」

俺は今来たばっかりだが、おそらくは何度も同じ質問を繰り返したのだろう。

ウルフは首を振って、後ろで他の冒険者たちに肩を掴まれている少女を振り返り、

「……間違いねぇな？」

と尋ねた。

少女は涙を流しながら頷いて、

「……はい……ティータ。どうして……助けられないんですか？　だって、ちゃんと喋ってるじゃないですか。言ってることも、前と同じで……」

「気持ちは分かるがな……お前も見てただろ？　こいつはさっきまでここで暴れてたんだ。それを俺たちで抑え込んでこうしてる。手足も使えないようにした上でな。離したら間違いなく周囲にい

る奴らを襲うぞ。それでもお前は、こいつが、前と変わらないなんて言えるのか？」

「それは……でも、でも……!!」

厳しい話だが、ウルフの言っていることは正しかった。

ティータの目に明滅する光は、正気と狂気の間を行ったり来たりしているように見え、何か元の状態に戻す方法がありそうにも思える。

けれど、そんなことが出来た者は、今のところ、いない。

ウルフは言う。

「……すまねぇ。俺がもっとしっかりやってりゃ、こいつも被害に遭うことはなかったはずだ。だが、こうなった以上は……見たくないなら目を閉じてろ。恨むなら俺を恨め」

それから、背中に背負った大剣を引き抜き、掲げる。

ティータの仲間だったと思しき少女は、それを見て手を伸ばそうとするが、しかし、最後には震えるように手を引っ込めた。

無理だ、と思ってしまったのだろう。

そしてそれは正しいのだ。

——ザンッ。

という音が聞こえ、ティータの首が斬り落とされる。

それから、その体と首の両方に聖水がかけられ、灰となっていく。

最後にその場に残されたのは、ティータの身に付けていた安物の鎧《よろい》と、ティータだった灰だけだ。

少女はその鎧に抱き着き、それから灰を掬《すく》って、泣いた。

◆◇◆◇◆

「……レントか」

先ほどまで屍鬼《しき》だった者の灰を前に、泣き叫ぶ少女をなんとも言えない目で眺めているウルフの後ろに近づくと、振り返りもしないのにそう、声をかけられる。

この場でさっきの顚末《てんまつ》を俺が見ていたことに気づいていたのだろう。

「辛《つら》い役目だったな」

月並みな台詞《せりふ》だがそう言うと、ウルフは首を横に振って、

「マルト冒険者組合《ギルド》の冒険者なんだ。引導を渡すのは他の誰でもなく、俺の役目だろうさ」

その言葉には、マルト冒険者組合《ギルド》を率いる冒険者組合長《ギルドマスター》としての矜持《きょうじ》と責任感が感じられる。

こういう人物がマルトの冒険者組合長《ギルドマスター》であることは、運がいいのだろうな。

それにしても、

「やっぱり、あれはマルトの冒険者だったんだな」

俺はそう言った。

途中から見ていて、それほど細かくは状況を理解していなかったが、なんとなく推論していて、先ほどウルフの口からはっきりとそう言われたのでそれが正しかったことが分かったからだ。

ウルフは頷いて、

「……あぁ。最近問題になってた新人冒険者の失踪……その被害者の一人だ。そこで泣いてるのは一緒に冒険者をしてた娘だ。ある日突然姿を消して、それっきり……だったんだってよ。だが……」

「屍鬼《しき》になって現れてしまった、という訳か……」

「ま、そういうことだ。酷い話だぜ。もっと俺みたいな、未来もくそもねぇ奴を狙うならともかくよ。よりにもよって……これからってやつを狙い撃ちにするなんて……やりきれねぇぜ」

俺が件《くだん》の吸血鬼《ヴァンパイア》であっても、ウルフのような男は絶対に狙わないだろうが、言いたいことはよくわかる。

弱いものを狙う、これは狩人《かりゅうど》としては合理的だろうが、人として許容できない。

新人冒険者なんて言うのは、まだ色々な勝手の分かっていない、子供ばかりだ。

そんな奴らをあえて狙うようなのは……卑怯《ひきょう》者だ。

そういう感覚が、ある。

それからウルフは、俺に尋ねて来た。

小声で、周囲に聞こえないように、

「……念のため、聞いておくけどよ。屍鬼《しき》を人に戻す方法なんて……知らねぇよな？」

先ほど、少女に向かってそんな方法は存在しない、という前提で話していたウルフである。

しかしそれでも、可能性はゼロではないとは思っていたのだろう。

なにせ、俺と言う分かりやすい見本があるからな。

けれど……。

「残念だが、その方法を俺は知らないな。それに、俺が……屍鬼《しき》だった頃は、さっきの奴みたいに意識が混濁したような状態になったことはなかった。声はちょっとだみ声が酷かったが、会話は普通に出来ていたし、意識もはっきりしてた。根本的に在り様が違うのかもしれない、とさっき見ていて思ったよ」

先ほどの少年は明らかにウルフの質問にうまく答えられていなかった。

自分が屍鬼《しき》であるかどうかについても認識できていたのかどうか疑問なほどだ。

しかし俺の場合は、全く違う。

はっきりと意識があり、自分が屍鬼《しき》であることも分かっていた。

魔物としての衝動がゼロだった、とは言えないが、それでもロレーヌに襲い掛かった以外は衝動を抑えることも出来ていた。

そして今も人の血を毎日のメニューの一つにはしているが、人に襲い掛かろうとは思わない。

けれど、あの少年は、捕まる前はここで暴れていたというのだから、俺とは根本的に何かが違うのだろう。

俺の答えに、失望と安心のないまぜになったような顔をしたウルフ。

それは、屍鬼《しき》になった、仲間である冒険者を助けられないことに対する失望と、そしてそんな冒険者たちを切り捨て、浄化することが間違いではなかったと知れたことへの安心だった。

助けられる方法があるのに殺してしまったのでは何にどう謝ればいいのか分からないもんな。

それでもあの場ではああする他なかっただろうが……。

俺が不死者《アンデッド》であることを明かして、その上で助ける方法が……とか言い出したらウルフの立場も危うくなる。

かなり危ない橋を渡ってでも助けたかったということだ。

「……そうか。分かった。安心したよ……あぁ、それとな。色々と情報が集まってきてる。聞いてけ」

ウルフがそう言って、俺に今の街の状況を教えてくれた。

ある程度はエーデルの視点共有などによる情報収集で分かってはいるが、分析力と言う面では冒険者組合《ギルド》には敵《かな》わない。

俺とエーデルだけで状況を整理しても、中途半端な部分が否めないからな。

その点、冒険者組合《ギルド》にはこういう時に関するノウハウがあり、また大勢の職員たちが情報を整理してまとめているから、その話を聞くのは有用だ。

それによると、まず、屍鬼《しき》はマルト各地で倒されており、やはりその総数は五十から百体に上りそうだ、という話だった。

その中には先ほどの少年のように、新人冒険者だったが失踪して姿の見えなくなった者もいて、吸血鬼《ヴァンパイア》が失踪事件の犯人だったということもほぼ確定したと言っていいという。

そのため、今は屍鬼《しき》の討伐と並行して、親玉の吸血鬼《ヴァンパイア》を早急に捕まえようとしているが、見つかっていないと言う。

屍鬼《しき》のマルトにおける分布などからその居場所を推測しようともしたようだが、向こうもその辺りはしっかりと考えているようで、マルトに満遍なく屍鬼《しき》が配置されていることが分かったに留《とど》まると言う話だった。

流石に、自分のアジトの周りに密集させる、みたいな分かりやすいことはしないようだ。

それでも屍鬼《しき》を作り、そのアジトから出す、ということを繰り返していたらそれなりに偏りそうな気もするが、考えたうえで配置してからことを起こしたと言うことだろう。

ウルフは続ける。

「まぁ、それでも屍鬼《しき》の討伐はしっかりと進んでる。いずれはすべて倒しきれる……とは思うが、ただ、被害もそれなりに出てるからな。やはり親玉をさっさと倒してぇ。そこでお前に聞きたいんだが……」

「なんだ？」

「吸血鬼《ヴァンパイア》ってやつは、一体どれくらいの距離から屍鬼《しき》を操れるものなんだ？　同時に姿を現して、火をつけたり人に襲い掛かってる以上、全員に同じ指示がなされたんだろうからな。少なくとも指示が出せる距離にはいるはずだと思うんだが……」

吸血鬼《ヴァンパイア》が屍鬼《しき》を操れる距離か。

確かにそれは親玉の居場所を推測するのに重要な情報だな。

だが……。

「その辺りは俺も今一分からない」

俺にはそう答えるしかない。

ウルフは首を傾げて、

「なぜだ？　お前は……じゃないのか？」

吸血鬼《ヴァンパイア》の部分を超小声で囁《ささや》くウルフ。

気遣いが身に染みる。

そして確かに彼の言う通り、俺は吸血鬼《ヴァンパイア》だ。

けれど……。

「いや、よく考えてみろよ。俺は人を襲ったことがないんだぞ。屍鬼《しき》なんて作ったことも操ったこともないんだ。どれだけの距離からどのくらいのことが出来るかなんて、正確には分からないって」

つまりはそういう話だ。

言われてウルフもはたと気づいたらしく、

「……そうだったな。言われてみれば、人を襲わない吸血鬼《ヴァンパイア》が屍鬼《しき》なんて作るわきゃ、ねぇか……しかしそうなると、参ったな。あとはしらみつぶしにやるしかないか……？」

腕を組んでそう言うウルフだったが、別にヒントゼロという訳でもない。

俺は言う。

「まぁ、それについてはちょっと待て。確かに屍鬼《しき》は作ったことないが、使い魔は作ったことがある。こいつだ」

そう言って肩に乗っかっているエーデルを指さす。

するとエーデルは二本足立ちになり、腕組をした。

……鼠の癖して器用だな。

ウルフはそれを見て目を丸くし、

「……ただのペットかと思ってたぜ」

と呟《つぶや》く。

鼠なんて好き好んでペットにする奴は少ないだろ。

なんで俺がそうすると……あぁ、あれか。変人扱いか。

誰も肩に乗ったこいつに突っ込んでこないのはそういうことか？

「仮に百歩譲ってペットなんだとしても、わざわざこんな状況の中、肩に乗せて愛《め》でたりはしないだろうが」

「まぁ……お前ならそういうこともありうるかと。なにせ、突然訳分かんないことやりだすことには定評があるからな。昔からそうだったろ。とは言え、後になって考えてみると、どれも意味があることばかりだったりしたが……まぁ、昔話はいいか。それより、そいつが使い魔だとして、それがどうした？」

「ああ。屍鬼《しき》は人から作るものだから、屍鬼《しき》とは違うかもしれないが、作り方はほぼ同じだからな。操れる範囲も同じなんじゃないかと思って」

俺の言葉にウルフは頷いて、

「……なるほど」

そう言った。

それから、

「で、どれくらいの距離なら操るのが可能なんだ？……おい、本当に操れているのか」

俺の肩の上で謎の動きをし始めたエーデルを見て、胡乱《うろん》な目を向けるウルフである。

お前、何やってんだ？……暇つぶし？　好きにしろよ……。

ともかく。

「まぁ、普段は好きに行動させてるんだ。これでも命令すればしっかりその通りに動く。それで……それが可能な距離だが、少なくともマルトのどこかにいれば普通に意思疎通は可能だな。マルトの外に出ても……簡単な指示くらいなら出来る」

「おい、そんなに広範囲にわたるのか……具体的にはどのあたりまでだ？」

「そうだな……まぁ、《新月の迷宮》くらいまでなら、大丈夫だろうな」

実際にやったことはないが、感覚的にそんなものだ。

流石に細かい指示を出したり、タイムラグ一切なしでの連絡はとれないが、大まかな指示くらいならその程度の距離でも可能だ。

それに……俺は見ているからな。

それについてもちょうどいいから伝えるべく、口を開く。

「ついでだが、俺はこいつとある程度感覚を共有できるんだが、こいつ自身も自分に従う同族の視点を共有できるらしくてな。それを使って、ちょっと気になることを摑んだんだ」

「……ついでに言うことじゃねぇな、それは……。視点を共有？　見ればそいつは色や大きさはかなり違うが、小鼠《プチ・スリ》だろう？　その同族の視点となったら……小鼠《プチ・スリ》なんてその気になりゃ普通の大人ならナイフ持ってりゃどうにかできる程度の魔物だから警戒されずにそこら中にいるよな……そいつらの感覚全てを共有できるなら……」

ぶつぶつ独り言を言いながら、その意味を理解していくウルフ。

最後に、

「……いやはや、お前を冒険者組合《ギルド》に入れた俺の目は正しかったな？　この街で起こることは、お前には全部筒抜けになるってことだろ？」

と言った。

それに対して俺は、

「いや、そこまでじゃない……けど、かなり色々なところに入り込んで情報を得られるのは事実だ」

「お前……冒険者組合《ギルド》に入ってそれをやるのはやめてくれよ？っと、まぁ、今はいい。ともかく、それでお前はそいつらを使って、一体何を摑んだんだ？」

ウルフの質問に、俺は答える。

「……《新月の迷宮》で人に嚙み付く吸血鬼《ヴァンパイア》の姿を見たんだよ。それなりに時間が経《た》っているが、あそこが屍鬼《しき》たちの親玉の、本拠地かもしれない」

「なるほどな……。行方不明事件が起こってたのは、主に迷宮だ。街中でも起こってはいたが、迷宮の方が頻度は高かった。ただ、屍鬼《しき》をそれほど遠くから操れるとは考えてなかったからな。そっちまでは捜索の手は伸ばしてねぇ……人をやった方が良さそうだな」

街が燃えて、屍鬼《しき》たちが人を襲っている中、かなり低い可能性しかない迷宮に、人を回してる余裕はなかったのだろう。

吸血鬼《ヴァンパイア》の親玉を捕まえるのは重要だが、それよりも、街の人々の安全が優先だからだ。

とは言え、俺の伝えた話から、親玉が迷宮にいる可能性はそれなりに高まった。

この状況でどうするかだが……。

ウルフは少し考えてから、

「……まぁ、そうは言ってもあんまり人員は割けねぇな。街中がなんとかなりつつあるとはいえ、それでもまだまだ終息には遠い。となると……何人か人を選抜して行かせることになる。レント、お前は行ってくれるか？」

ウルフの言葉に、俺は頷く。

吸血鬼《ヴァンパイア》が相手なのだ。

どれだけ上位の存在なのかは分からないが、ある意味で俺が一番精通していると言える。

だからウルフも俺に行けと言っているのだろう。

「あとは……ロレーヌもいた方が良いよな？　それと……」

ロレーヌは俺がボロを出さないようにするため、というのと、マルトでもそれほど多くない銀級だからだろう。

そして、

「……私も連れてってくれるんですよね？」

「うぉっ!?」

ウルフの後ろからそう言ってにゅっと顔を出したのは、言わずと知れた吸血鬼狩り《ヴァンパイア・ハンター》ニヴ・マリスであった。

……来るなよ。頼むから。

「……お前、どこから聞いてた？」

ウルフが難しそうな顔でニヴにそう尋ねる。

それは俺のことがどれだけ聞かれたか、という心配のためだろう。

が、俺にはウルフの後ろから猫のように近づくニヴの姿が見えていた。

現れてからは特に問題ある話はしていない。

「え？　人を選抜して行かせる、ってところからですね。察するに、今回の親玉の本拠地か何かを見つけたのでしょう？　どうやって私より早く見つけたのか分かりませんが」

ニヴはウルフの質問にそう答えた。

やはり、ほとんど聞かれても問題ない辺りから聞いていたようだ。

とはいえ、本当は全部じっくりがっつり聞いていた、と言う可能性もゼロとは言えない。

それでいて、あえてこんな風にとぼけている……という可能性もある。

うーん。

……考えても分からんな。

ニヴの顔を見ると、可愛《かわい》い表情ですっとぼけているようにも見えるし、単純におもちゃを前にして楽しみにしている子供のようにも見える。

本当に子供だったらその内面も読めるかもしれないが、ニヴは……その心の中について一切想像がつかない。

何を考えてるんだか……。

「……まぁ色々、冒険者組合《ギルド》にも方法はある。基本的には人海戦術だがな」

ウルフが、秘密がばれてなさそうなことにほっとしつつそう答える。

嘘は言っていないな。

人海戦術というか、厳密には鼠海戦術だが。

……鼠海……想像すると結構怖いな。

大挙して押し寄せてくる鼠。

まぁ、流石にそんなにたくさんはいないけどな。

範囲を絞れば鼠海も作れるかもしれないが。

ニヴはそんなウルフの言葉に、

「なるほど、たまたまって奴ですか。それは流石の私も勝てませんね……ところで、話の続きですよ。私も行っていいですよね？」

そう言って話を戻した。

うやむやにならないかなとちょっとだけ期待していたが、無理だったようだ。

ニヴの吸血鬼《ヴァンパイア》に対する執着からして、誤魔化すのは流石に無理があったな。

それに……。

ウルフは言う。

「……あぁ。お前は金級だし、吸血鬼狩り《ヴァンパイア・ハント》専門の冒険者だ。いてくれるなら心強い……なぁ、レント」

この、なぁ、レントは別に同意を求めている訳ではなく、仕方ないからお前の方でどうにかうまくやれ、という意味を言外に込めた台詞であった。

ここでニヴの提案を拒否するのは、ニヴの実力や能力を考えればおかしい。

精鋭を派遣しなければならない状況で、ニヴ以上の適任は今のマルトにはいない。

そうなれば、当然、ニヴを連れていくべきだ、という話になるからだ。

ニヴの性格が破たんしているとか、妙に信用出来ないような感じがする、とかそんな個人的な感情は脇に置いておかなければならない。

「……そうだな。専門家がいる方が、心強い」

仕方なく、俺もそう答えることになった。

それから、ニヴは、

「ふふーん。良いでしょう。ぜひ、行きましょう……ところで、場所はどこです？　まだ聞いてないのですよね、私」

そう言えば、こいつ途中から聞いてたんだったか、とそこで思い出したウルフが、

「あぁ、《新月の迷宮》だよ。まぁ、絶対にいるとは限らんが……その可能性が高いって話でな」

「ほう？　なるほど……確かにそうかもしれませんね。屍鬼《しき》を操るのは一般的な吸血鬼《ヴァンパイア》ですとあまり距離が離れると難しいですが、力をつけたものは遠くからも操る術を身に付けていることもあります。下級吸血鬼《レッサーヴァンパイア》でも複数が協力すれば可能な場合もありますし……マルトですと、マルト内部の屍鬼《しき》を操れる限界は……そうですね、《新月の迷宮》程度と考えられますね」

「やはり、そうなのか」

思わぬところから裏付けがとれて、ウルフがそう尋ね返す。

ニヴは頷いて、

「ええ。ただ、今回の吸血鬼《ヴァンパイア》は単独の下級吸血鬼《レッサーヴァンパイア》だと思っていたもので……マルト内部に潜伏している可能性が高いと考えていました。しかし、この屍鬼《しき》の数や質を考えると、その予想は捨てた方が良さそうですね。疑問があるとすると……複数いるにしては被害が少ないということでしょうが……」

「少ない？　結構な数の冒険者や市民が失踪しているんだが」

「少ないです。下級吸血鬼《レッサーヴァンパイア》一人養うためには、月、二、三人の人間が必要ですので。まぁ……必ずしも殺さずとも人間の協力を得ながら血の提供を受ける方法もあるにはあるのですが……それをする場合にはかなりの組織力が必要になります。そして、少なくともマルトにはそのような組織はありませんでした。私の調べが足りないのかもしれませんが……そうなると……彼らは〝血薬〟を手にしているのかもしれません。意外ですね」

「〝血薬〟とは？」

「吸血鬼《ヴァンパイア》の吸血衝動を抑えることの出来る、特殊な薬です。とはいえ、その製造は簡単ではありません。すくなくとも、数体の吸血鬼《ヴァンパイア》が集まったくらいで作れるものではないのですが……ふむ。こうなると俄然《がぜん》そいつを捕まえたくなってきますね」

色々と呟きつつ、ニヴのテンションが上がってくる。

「なんでだ？」

俺が尋ねると、ニヴは言う。

「〝血薬〟の提供をどこかから受けている、ということになるからです。そうなると当然、今回の吸血鬼《ヴァンパイア》を捕まえて尋問すれば、その先に大量の吸血鬼《ヴァンパイア》の群れがあるということになる。吸血鬼《ヴァンパイア》狩り放題というわけですね。これを楽しみにしないで、何を楽しみにしろと？」

本当に楽しみそうに笑うニヴの顔は怖い。

こんなのに追いかけられる今回の吸血鬼《ヴァンパイア》が気の毒になってくるほどだ。

ウルフも同じことを思っているだろうが、そんな気持ちについては特に言及することなく、

「……まぁ、仕事熱心なのは結構だ。親玉を捕まえてくれりゃ、マルトもいつもの田舎都市に戻るしな。期待しているよ」

「ええ、ぜひ。必ず捕まえてやりますので……」

にやりと笑うニヴを見て、やっぱり一緒に活動するのはやだなぁと思うが、もう仕方がない。

幸い、お目付け役というか、監視役は他にいる。

ウルフの後ろの方を見ると、そこには、走ってやってきたミュリアスの姿があった。

「……ぜぇ……だから……ぜぇぜぇ……急にどこかに行くなと……ぜぇ……言ってるでしょうがっ！」

そんな台詞を叫んでいる。

聖女の仮面が剝がれかけてきていた。

閑話　イザーク・ハルト

「貴方《あなた》は、何のために戦っているのですか？」

そう聞かれて、私は至極素直に答えた。

太陽がどこから昇ってどこに沈むか。

手に持った瓶を固い床の上に落としたらどうなるか。

水に熱を加え続ければどうなるか。

そんな質問をされた時と同じように。


――――。


迷いのない私の答えに、あの方はふっと笑って、

「……何も、学んでいないのですね。いえ、諦めなかった、とも言えるでしょうか……。けれど、それでも貴方方には無理なのです」

と、穏やかに私に言った。

当然の話だが、私はその言葉に、その内容に深く強い怒りを覚えた。

なぜ、お前などに我々の崇高な目的を否定されなければならないのだ、と。

どうして無理なのだと分かるのか、やってみなければわからないではないか、と。

だから私はあの方に詰め寄った。

するとあの方は、

「では、賭けをしましょう。もしも貴方が……私を殺せれば、勝ち。出来なければ私の勝ちです。私が勝った時は……きっぱりと、その目的は諦めてください。期限は……どうしましょうか？　貴方が死ぬまで、ということでもいいですよ」

ふざけているのかと思った。

反逆騎士たる私が、たかが小娘一人を殺せないなどと、本気で思っているのかと。

しかし、結果を見れば火を見るより明らかだ。

私は、あの方を殺せなかった。

賭けは未《いま》だに続いている。

◆◇◆◇◆

自分に与えられた部屋の中で、久しぶりに取り出したのは懐かしい愛剣だった。

構えると、強く磨かれた魔力の宿る、銀色の細い刀身と、柄《つか》に刻まれた龍を穿《うが》つ一角獣《ユニコーン》の紋章が目に入った。

これを初めて手にした時、どれほどの喜びを感じたことだろう。

しかし、にもかかわらず、これはあの時からずっと、箪笥《たんす》の肥やしになっていた。

なぜなら、今の私にはもう必要のないものだからだ。

今の私の仕事は、この家の使用人である。

魔物を相手にすることもたまにはあるが、そのときは普通の武具を持てばそれで足りる。

これは、あくまでも限定された相手に対して振るうもので……だから私はもう、使うことはないのだと思っていた。

ただ、それでも……心のどこかであのとき感じた誇らしさや、この剣の持つ意味を忘れられず、手放すことも出来なかった。

あの方に対して、それは良くないことだとは思っていたが……でも、あの方は気づいておられただろう。

私のすることなど、あの方にとってはすべて矮小《わいしょう》で……いや、私に限らない。

《彼ら》のすることもまた、小さく、くだらないことと思っておられたのかもしれない。

だからこその否定、だからこその私に対する賭けだったのだろう。

そこからすれば、これから私がしようとしていることもまた、あの方にとっては無意味だ、ということになるかもしれない。

過去の因縁はもう断たれた。

今更……わざわざ相対するようなことではないと、そうおっしゃるかもしれない。

でも、私には、そうやって割り切ることは出来なそうだった。

それで、私は結局、愚か者のままだったのだ、と悟る。

変わったと思ったのに、あの頃とは違うものに。

現実は、こんなものなのかもしれない。

何かになろうとして、何か大きなことを達成しようとし、けれど現実に打ちひしがれて膝を折り、差し伸べられた大きくやわらかな手を摑《つか》んでしまった。

そういうことだと。

何もなかったのだ。

私には。

聞いた話を思い出す。

この間、この家を訪ねて来た少年を、里の者に引き渡すときのことだ。

「……そう言えば、僕を誘った《仲間》が言っていました。イザーク・ハルトという名前に聞き覚えはないか、と。貴方の事ですか？」

少年が、里を異にする《仲間》に誘われて、この街まで来たという話はすでに聞いていた。

その際に語られたのが、彼らの存在を表舞台に引き出し、正当な権利を享受できる《人》として扱われるように社会を変える、という目的だった。

その言葉に乗って、少年はマルトにやってきたらしいが、結局マルトでは《仲間》と合流することが出来ず、衝動を抑える薬も減ってきて、仕方なく村の長老に聞いていたこの家を頼ってやってきた、ということだった。

そのため、大して知っていることはないような雰囲気だったのだが、初めに誘われたときに、軽い雑談といった感じで聞かれたのが、その名前だったらしい。

イザーク・ハルト。

つまりは、ラトゥール家の使用人である、私の名前だ。

「……なぜその方はそんな名前を尋ねたのでしょう？」

私が少年に聞くと、少年も首をかしげて、

「さぁ……？　ただ、何気なく聞いたようでしたけど、結構重要な質問だったみたいだっていうのは分かりましたよ」

「どうして？」

「答えを聞く様子がちょっと違いましたから。僕、やっぱり里では跳ねっ返りで通ってましたから、よく怒られてて……だから人の顔色を見るのが大分得意になってしまって。あのとき聞いてきた人の表情は、その僕の目から見て、そう見えたんですよ」

少年は本来出ることを許されないはずの里から、こうして辺境の田舎町までやってきてしまうほどの行動力と反抗心があるタイプだ。

なるほど、そのような技能が育ってもおかしくはない。

何がその人を成長させるのかは分からないものだ。

そんな彼の目から見て、そのように感じられたということは……どこまで正確かはともかく、どうでもいい世間話というわけではなかったというのは確実だろう。

つまり、イザーク・ハルトを探している誰かがいる、ということをそのとき私は知ったのだ。

それはおそらく……。

剣を腰に差し、屋敷の出口に向かう。

生垣の迷宮は簡単に横に逃げていき、まっすぐに進んで、私は屋敷の正門の鉄格子を開いた。

それから、街に向かうべく歩き出そうとしたのだが、

「……イザーク。行くのですか？」

と、後ろから声が聞こえた。

振り返ると、門に寄りかかる少女が一人。

私の主《あるじ》……つまりは、ラウラ・ラトゥール。

その瞳は、その容姿の伝える年齢とは異なり、心の奥底まで覗《のぞ》き込みそうな深い色をしていた。

私はその顔から眼《め》を逸《そ》らし、答える。

「……申し訳ありません。賭けは……終わるかもしれません」

「……はぁ。頑固ですね、貴方は。好きにしなさい。けれど、賭けの幕を他人の手で引かせるのはおやめなさい。もしもその時が来るのなら、自分の手で」

それはつまり、何が何でも戻る様に、という意味にほかならなかった。

私はそれに目頭が熱くなるのを感じたが、

「はい。かしこまりました」

それだけ言って、踵《きびす》を返し、街に向かう。

昔から燻《くすぶ》り続けてきた因縁、それを、ここで断つのだ。

心の底からそう思った瞬間だった。

第二章　吸血鬼《ヴァンパイア》のいるところ

「あ、どうもこんにちは。ニヴ・マリスです」

「……ロレーヌだ。よろしく頼む」

ニヴが差し出した手をロレーヌが握ってそう言った。

ロレーヌの表情には苦いものというか、なんでこいつがここに？　という感情が透けて見える。

別にニヴを毛嫌いしているという訳ではなく、俺という吸血鬼《ヴァンパイア》らしきものの近くに吸血鬼狩り《ヴァンパイア・ハンター》たるニヴがいるのはまずいのではないか、という心配だろう。

俺だって別に関わらないで済むなら関わりたくない。

しかしニヴの方からやってくるのだ……それも突然に。

ちなみにロレーヌがファミリーネームまで名乗らなかったのは、俺と同じヴィヴィエ姓になってしまうので、色々と勘繰られるのを避けたのだろう。

この辺り、冒険者というのは名乗るとき、好みが分かれる。

姓まで名乗るか、名前だけで済ますか。

冒険者というのは基本的に荒くれ者の集団であるし、まぁ、言っては何だが色々と問題のある奴《やつ》も少なくない集団であるため、姓まで名乗りたくはない、という者が昔から少なくなかった。

だから姓を言わない、というのはそういう冒険者の習慣もあって、特におかしくはない。

姓まで名乗る奴は、多くは自分の出自や身分を明らかにしたい、という意図を持っているような場合で、まぁ、信用してもらうためにはそこから、みたいな感覚で言う場合が多い。

あれだな、挨拶で会釈で済ますくらいじゃなくて、深く頭を下げてやる、くらいの感じである。

普段は会釈だ。

つまり、姓は名乗らない方が基本という訳だ。

「……ミュリアス・ライザです」

「聖女殿でいらっしゃいますか。ロレーヌです。よろしくお願いします」

ニヴには敬語を使わず、ミュリアスには敬語なのは、ニヴが冒険者で、ミュリアスが聖女であるためだ。

冒険者同士はランクが違っていても敬語を使わなくとも失礼ではないというか、そんなもんめんどくせぇという輩《やから》が多い。

だから極端に礼を失することを言わない限りは敬語なんて使わずとも咎《とが》められはしない。

しかし、聖女相手ではそうはいかない。

彼らは信仰を背負っており、それはつまり宗教団体の強力な後押しがあるということだ。

下手に適当な扱い――冒険者にするような雑な扱い――をすると、唐突にブチ切れ出すタイプというのがたまにいる。

東天教の聖者・聖女にはそういうのはまずいないのだが、ロレーヌが言うにはロベリア教を初めとする西方諸国発祥の宗教団体はそういう者が多いらしい。

だから、ロレーヌには聖者・聖女を前にしたとき、自然と敬語になったり、所作を丁寧にしたり、といった行動が身に付いているようだ。

別に深い信仰心がある、という訳ではなく、面倒ごとはとにかく避けたい、関わりたくないというだけのようだが。

そのうち西方諸国にも行ってみたいのだが、こういうことがあるとな……俺も面倒くさいと思うタイプだからな。

いつか行くとして、それまでにロレーヌに色々とその辺の注意事項を尋ね、常識をある程度身に付けてからではないとヤバそうだ。

俺はただでさえ問題を起こすとまずい体だからな。

目をつけられるような行動は厳に慎まなければならない。

……ニヴと迷宮にピクニックに行かなければならない状況になっている時点で、もうなんというかあれだけど。

「……あまり遜《へりくだ》られる必要はありませんよ。言葉も普通で結構です」

とはいえ、ミュリアスはあまり敬語が、とかそういうのは気にしないタイプらしい。

ロレーヌにそう言って微笑《ほほえ》んだ。

そうしていると紛《まが》うことなき美人聖女であるが、さっきのニヴに対する般若《はんにゃ》ぶりをみているからな……。

ちなみに般若とは極東にある島国にいる魔物の女性のみを指す。

そこから転じて物凄《ものすご》い形相で怒る女性を形容する言い方としてヤーランに定着している。外来語だな。

ちなみにその魔物は鬼、という名前で鬼人《オーガ》に近い種らしいが、鬼人《オーガ》より小さく、しかし賢いらしい。

それなりに文化もあって、人と共生しているものもいる、ということで、いつか会ってみたいところだ。

ドワーフのように冶金や細工に長《た》けているという話だからな。

「そうですか？　いや、しかし……」

ロレーヌはミュリアスの言葉にそう言って逡巡《しゅんじゅん》を見せた。

ロレーヌは性格的に一般的な女性よりはかなり豪快というかアバウトなところがあるタイプだ。

にもかかわらず、これだけの遠慮を見せる。

それはつまり、帝国出身者にとって、聖女というのはそれだけ扱いが難しい存在だということなのかもしれない。

……帝国でどんだけ宗教者は好き勝手やってるんだろうな？

怖くなって来た。

「そこまで警戒されるということは……もしかして、ロレーヌさんは帝国の方ですか？」

ミュリアスがそう尋ねたので、ロレーヌは頷《うなず》く。

「……分かりますか」

「ええ。あちらでは皆さん、聖者や聖女に対しては、ロレーヌさんのように話されますからね……。お気持ちは分かります。そういうことでしたら、無理に敬語をやめろとも言いません。が、話しやすいように話しても構わないというのは本気で言ってますので……その点はご安心していただければと思います。正直、あちらでの聖者・聖女の扱いについては、功績のある方々は別にしても、私のようなしょぼい聖女は受ける資格がないと思っているくらいですので……」

若干ずーんとした感じでミュリアスがそう言ったので、ロレーヌはおや、という風に眉を上げた。

どうもミュリアスが一般的な聖女より、庶民寄りな雰囲気をしていることに気づいたらしい。

それに、今ミュリアスが言った台詞《せりふ》は、ヤーランではいくら語っても問題ないことだが、帝国で言った場合、教団への批判と受け取られかねないものもあるとも。

ロレーヌに前聞いた限りでは、聖者・聖女はことごとく敬うべし、が基本のようだからな。

少なくとも平民はそうしなければ何されるか分からなくてヤバい、ということらしい。

聖女本人が言う場合も、教団への信頼失墜を促しかねないから立場的にもまずいだろう。

なのに言ってしまうのは……ニヴと一緒にいて感化されたのかな？

ニヴの放言と比べれば相当にまともだし、感覚がおかしくなっているのかもしれない。

「……ふむ。そこまでおっしゃるのなら、私も普通に話そうか。しかし今後帝国に行った途端、『ミュリアス・ライザへの不敬により異端審問にかける！』などというのは無しだぞ？」

ロレーヌはそう言ってミュリアスに笑いかける。

「……異端審問官のマネですか？　お上手ですね……もちろん、そのようなことは致しません。私も、ここにいる間はバカンスのようなものだと思って楽しむことにしたのです」

聖女らしくない発言であるが、余計に信用に値すると思ったらしい。

ロレーヌは改めて手を差し出し、ミュリアスに握手を求めたのだった。

◆◇◆◇◆

「……よし、こっちだ！」

マルト正門に、ウルフの声が響く。

俺たちを呼ぶ声だ。

そちらの方を向くと、馬車が結構な勢いでやってきていた。

《新月の迷宮》に向かう馬車だ。

どこかから連れてきてくれたらしい。

今は、マルトから逃げ去る馬車ばかりで、迷宮行きのものは全部止まっていたからな。

無理して引っ張ってきたのだろう。

俺たちもそちらに走って向かう。

「これは特急便だ。すぐにつくぞ。さぁ、乗れ。俺はマルトで指揮を続ける」

ウルフがそう言って馬車から飛び降り、そのまま街の中に消えていった。

俺たちが馬車に飛び乗ると、御者は即座に《馬》に鞭《むち》を入れる。

六つ足の馬……スレイプニルの血が混じっていると言われる、特に足の速い本物の馬だ。

都市マルトから《新月の迷宮》までの距離はそれなりに離れている。

走って行けないこともないが、馬車の方がずっと早く着く。

もちろん、これは一般論で、ニヴなんかは自分の足で走った方が早い可能性はないではないが……流石《さすが》に俺はな。

少しくらいなら何とかなるかもしれないが、ずっと速度を維持するのは厳しく、それなら馬車に乗った方が良い。

加えて、ロレーヌやミュリアスは当然、《馬》と同程度の速度で走れるわけがない。

二人を置いていくというのなら、まぁ、ニヴと二人でダッシュという選択肢もあったかもしれないが……いやいや。

そんなことしたら色々とバレるから、やっぱりなしだな。

他にも二台ほど馬車が来ていて、それには他の冒険者が飛び乗った。

ウルフも精鋭を選ぶと言ったが、流石に俺たちだけに探索を任せる、というつもりはなかったようで、俺たちも含めて三パーティーほどが《新月の迷宮》の探索班ということになる。

まぁ、ロレーヌはともかく、ウルフから見れば、ニヴはちょっとあれだし、ミュリアスはロベリア教の回し者、俺は魔物であるということを考えると……ダメだな、こいつらだけに任せるのはヤバい、となるのは自明である。

戦闘能力とかだけを見ると、マルトでは結構優秀な方じゃないかと思うが……それ以外の素性の部分で、信頼しきれない部分がありすぎる。

それでも俺のことは信じてくれていたようだが、他の冒険者も行かせるのは信用していないという訳ではなく、冒険者組合長《ギルドマスター》としての義務という責任があるからだろう。

「……不安なメンバーだな」

ロレーヌがぽつりと馬車の中でそう言った。

俺とミュリアスは深く頷いたが、ニヴは一人口笛を吹いていた。

聞いたことのない旋律である。

作曲までできるのかな？

だとすれば、無駄に万能であるニヴであった。

◆◇◆◇◆

「さぁ、屍鬼《しき》狩りの始まりですよ！　皆さん」

テンションも高く《新月の迷宮》の前でそう宣言して、中に突入したニヴである。

それを追いかけるミュリアス、さらにその後ろに俺たちと続いた。

「……ふむ、ミュリアス。貴女《あなた》は冒険者ではないようだが、それなりの訓練は積んでいるようだな？」

暗い迷宮の中をひた走りながら、ロレーヌがミュリアスに尋ねる。

彼女は頷いて、

「ええ、まぁ……聖女としての力が強ければそんなことせずとも構わないのですが、私の出来ることなど微々たるものですから。戦う力をつければ、少しは役に立つのではないかと思って訓練はしています。本職の冒険者の方に比べれば、中途半端な代物ですが」

そう答えた。

しかしロレーヌは首を横に振って、

「いやいや、それほど捨てたものではない。基礎体力もそれなりにあるようだし、曲がりなりにもニヴ殿の速度についていけている訳だからな……とはいえ、やはり彼女は金級、私やレントも銀級程度の力はある。貴女には厳しいものがあるだろう……というわけで、身体強化をかけさせてもらっても？」

それは気遣いであり、またニヴが暴走したときのストッパーとしてミュリアスに多少期待しているが故の打算でもあった。

ミュリアスはこの言葉に素直に頷くが、

「ですが、いいのですか？　ここから先、屍鬼《しき》や吸血鬼《ヴァンパイア》がどれだけ出現するか分かりません。魔力は温存された方が……」

「確かにそれもそうなのだが……何、魔力量にはそれなりに余裕がある。それに、前を進むあの人が勝手に露払いも引き受けてくれるだろう。私たちがすべきなのは、とにかくついていくことだろうさ」

そう言ってロレーヌはニヴを見た。

さっきから骨人《スケルトン》やスライムなど、通常の魔物も出現しているが、ニヴがばっさばっさとその自慢の鉤爪《かぎづめ》で切り倒している。

……なんだか、骨人《スケルトン》の頭蓋骨が吹っ飛んだり砕かれたりするのを見ると、仲間が死んでいくような気分がしてちょっと憂鬱になる。

もう俺は骨人《スケルトン》ではないのだけど、やっぱり最初に魔物になった時の体だけあって、ちょっと気に入っていたのかもしれない。

その後に続くのが屍食鬼《グール》とか屍鬼《しき》と言った腐ってる系の種族だったから余計にな。

「……確かに、そのようですね……」

ニヴの後ろ姿を見ながら、ミュリアスは呆《あき》れた顔でそう言った。

今、ニヴは骨人《スケルトン》をさらに一体、ひっかき倒したところだ。

その顔はいい笑顔である。

俺が骨人《スケルトン》だったらとりあえず近づかないな、あんなヤバそうな奴。

ミュリアスは続けて、

「では、お願いします」

そう言ったので、ロレーヌが補助魔術としての身体強化をミュリアスにかける。

自分にかけるときほどの強化率は引き出せないというデメリットはあるが、他人にかけられるという利点はかなり大きい。

非戦闘員にもそれなりの体力を与えることが出来るからだ。

まぁ、他人の魔力というのは反発しあう性質があるので構成は意外と複雑らしいが、ロレーヌにとってはそれほどでもないようだ。

「どうだ?」

ロレーヌがそう尋ねると、ミュリアスは走りながら自分の体を確認して、言った。

「……すごく体が軽くなりました。ありがとうございます」

「良かった。では、改めて気合いを入れて追いかけようか。気のせいでなければニヴ殿の速度がどんどん上がっている気がするからな……」

それは本当に気のせいではない。

おそらく、吸血鬼《ヴァンパイア》の匂いを感じているのではないだろうか？

俺には流石に匂いは分からないが、それでも同族だからか、なんとなく気配が強くなってきているのは分かる。

吸血鬼《ヴァンパイア》は、近い。

◆◇◆◇◆

「……おっと、ストップですよ、皆さん」

最前を進んでいたニヴが迷宮の通路の角でそう言って、俺たちに静止の合図を出しつつ、静かにするようにと口元で人差し指を立てた。

俺たちの中で一番五月蠅《うるさ》いのはお前じゃ、と突っ込みたくなるも、ここでそれをしてはダメだと自分の衝動を収める。

ああ突っ込みたい。

が、そんな場合じゃない。

「……どうかしたのですか？」

ミュリアスが代表してニヴに尋ねると、ニヴは頷き、静かに角の先を指さした。

ミュリアスがそっと角から顔を出してその先を覗《のぞ》く。

すると、

「……これは……なるほど、確かに」

顔を引っ込めてからそう言い、俺とロレーヌにも覗くようにジェスチャーで示した。

俺たちは顔を見合わせ、順番に覗く。

そして、その先に見えた光景は……。

「……行方不明になってた、冒険者たち、か？」

ロレーヌがそう言った。

俺はそれに頷きながら答える。

「ああ……そうだな。間違いない。知ってる奴がいる」

俺たちの視線の先に見えるもの、それは、広間のような部屋で、人形のように待機している十人ほどの人間と、端の方で縛られて座り込んでいる、顔色のあまりよくない人々だった。

さらにその中には、俺が知っている顔もある。

それは……。

「ライズ……ローラ。どうして……」

一緒に銅級昇格試験を受けた二人だった。

◆◇◆◇◆

「……以前話していた二人か。しかし、リナとパーティーを組んで楽しくやっているという話だったが……？」

「そのはずなんだけどな……リナの姿が見えない。二人だけでいる時に捕まったのかな？」

細かい事情は分からない。

が、あの二人は幼馴染《おさななじみ》で、お互い憎からず思っているようなところが透けて見えたし、リナも気を遣って離れるようなこともあったかもしれない。

そういうときに捕まった、と考えればリナがいないことはおかしくはないだろう。

しかし……。

「……屍鬼《しき》に、されてしまったのか……？」

今ここで一番心配すべきはそれだった。

屍鬼《しき》になれば、治す方法は、ない。

少なくとも俺は知らない。

ニヴも知らないだろう。

知っていれば、公開しているはずだ。

なにせ、吸血鬼《ヴァンパイア》撲滅は彼女のスローガンなのだから。

そのために出来ることがあるのなら、公開を躊躇《ちゅうちょ》する理由はニヴにはないはずだ。

つまり、屍鬼《しき》になっていたら……たとえ、ライズとローラと言えども、倒さざるを得ないという
ことになってしまう。

しかし、そんな俺の心配を察したのか、ニヴは、

「……ふむ。あちらに集められている方たちに関しては、まだ人間のようです」

そう言って、ライズとローラが座り込んでいる方に視線をやった。

気のせいか、ニヴのその視線には安心があるような気がした。

……そう見えるだけかな？

こいつにも人間らしい心があるのかも、と思いたい俺の心がそう見せてるだけかもしれないが。

けれど、それから、

「……反対側で無表情に突っ立っている方々の方は、手遅れのようですけどね。今は体を人のもの
から屍鬼《しき》のそれへと変化させている段階でしょうが、ああなったらどうしようもありません。引導
を渡してあげましょう」

そう言って向けた視線の方は、どこまでも冷たく、何か狂おしい光に輝いていた。

ふっと手元を見ると、無意識なのか手がわきわきと動いている。

その鉤爪を突きたてたくてたまらない、そんな印象を受ける。

……やっぱさっきの視線は気のせいだな。

これでこそニヴだよ。

そう思った。

「……さて、それでは、みなさん。とりあえず、あちらのまだ人間である方については救出しましょう。逆の方にいる屍鬼《しき》は殲滅《せんめつ》です。いいですね？」

ニヴは俺たちの顔を一人ひとり覗き込み、そう言う。

逆らうことは認めない、そんな圧力の込められた強力な意思の宿った瞳は、すでに一種の脅しだ。

言っていることは……まともで間違いないのだが、こうして屍鬼《しき》になる前と、なった後と、明確に分かれているのを実際に目にすると……まだなんとかなるんじゃないか、そんな風に思ってしまうのが人情だ。

けれど、ニヴにはそういった線引きに対する葛藤のようなものは一切ないらしい。

俺たちは仕方なく、頷く。

実際、言っていることは正しいし、屍鬼《しき》になったら助けられないことは通説的な考えなのだからそうやって割り切るしかない。

ニヴが冷酷なのではなく、ただ、冒険者としての覚悟が違うだけ、と考えることも出来る。

俺たちの意志を確認したニヴは満足したのかふっと微笑み、

「さぁ、それじゃあ行きます……む？　いや、ちょっと待ちましょう」

腰を浮かしかけたが、そう言っていったん止まった。

何か問題が？

気になってニヴの顔を見ると、人差し指で静かに角の先を指した。

どうしたのかと覗いてみると……。

「……だから、あんまり難しく考えるなって」

そんな声が聞こえて来た。

見れば、二人の人物が迷宮の奥の方から、俺たちが覗いている広間の方へと近づいてきていた。

一人は十七、八と思《おぼ》しき少年、もう一人は、十四、五に見える少女だ。

「でも……本当にこんなことをして、いいの？　これじゃ、人間たちと何も変わらない……」

「あいつらのせいで、俺たちがどれだけ苦しんできたと思ってる？　数だけは沢山いるんだ。どれだけ減らそうが、別にいいだろうさ……」

「そんなこと……」

「……分かってるさ。でもそうでも思わないとやってられないだろ。それに、シュミニ様はこれが必要なことだって言ってるんだ……理由はまだ、教えてくれないけど、あの人のお陰で俺たちの力が目覚めたのは本当の事だろ？　だからさ」

内容のよくわからない会話だが、なんとなく分かる部分もある。

シュミニ、という人物がいて、それが彼らの上司か何かだということ。

人を屍鬼《しき》に変えるという行為に対して、思う所はそれなりにあるらしいということ。

ただ、その理由については彼らは何も知らされていないということ。

そして……。

「……奴らは吸血鬼《ヴァンパイア》ですね。私の鼻がビンビン教えてくれています。——とりあえず、殺しましょう」

ニヴが楽しそうにそう言った。

◆◇◆◇◆

「さぁ、行きます、よッ！」

そう言うと同時に、ニヴは通路の角から広間に向かって飛び出していった。

俺たちも後に続く。

ミュリアスは流石に戦闘員という訳ではないので出てこないが、彼女には聖女としての役目がある。

つまりは、吸血鬼《ヴァンパイア》それ自体、それに空間の浄化だ。

今はまだ出番ではないので待機である。

「なっ!? 何者だ！」

「誰!?」

吸血鬼《ヴァンパイア》と思しき少年と少女が、目を見開いてそう叫ぶも、ニヴはただ鉤爪を振りかぶり、

「……さぁ?」

そう言って振り下ろした。

一切聞く耳持たないその態度は、人型の魔物に対するそれとして非常に正しい。

全てがそうとは言い切れないが、彼らは人語を解するがゆえに人の心を揺さぶることに長けていることが少なくないからだ。

言い訳や事情を聴くと、どうしても同情的になってしまう……そして、油断してしまって結局その後ばっさり、なんてことは枚挙にいとまがない。

もちろん、彼らの発言の全てが嘘《うそ》とか人をだますための擬態、とは限らないのだが、今回の場合、すでに大勢の被害者が確認されているし、目の前に明確にその証拠となる人々と屍鬼《しき》の蛹《さなぎ》のような存在がいる。

問答無用で倒してしまっても問題はない。

強いて言うなら、先ほどの二人の会話の内容を詳しく聞きたいところだが……吸血鬼《ヴァンパイア》を目の前にしたニヴがどれだけそういったことを考えているのかは分からないし、俺たちは俺たちですべきことがある。

まずは、新人冒険者たちの救出だ。

数はそれほど多くない。

ライズとローラ、それに加えて四人の全部で六人である。

吸血鬼《ヴァンパイア》の少年と少女は、ニヴが一人で相手取っており、顔を見れば「ここは任せてください」と言っているように見えた。

助けはいらないだろう。

そもそも彼女は金級だ。

それも、白金《プラチナ》級に最も近いと言われるほどの手練《てだ》れ。

俺やロレーヌが助勢して、どれだけの助けになるかは疑問だ。

だったら一人で行かせれば良かった、という気もするが、まぁ、そこは微妙なところだ。

ニヴは結構色々な情報をくれているし、冒険者として有能なのだが、どこか秘密主義な部分も感じるからだ。

俺と最初に会った時からしてそうだからな。

何も言わず知らない内に余計なことまでやらかしそうな感じが強い。

そういうことを考えて、ウルフは、じゃあニヴ一人で行け、とは言わなかったのだろう。

……色眼鏡で見すぎかもな。

今のところただひたすらに魔物の処理を一手に引き受けてくれているいい先輩冒険者であるのが客観的な事実だし、お金も一杯くれたし。

改めて考えるとすごくお世話になっているなぁ……今度好物でも聞いて飯でも奢《おご》ろうかな、それくらいはな……とちょっとだけ思わないでもない。

藪蛇《やぶへび》な感じもしないでもないけど。

っと、それよりも……。

「おい、ライズ、ローラ！　生きてるか！」

目が虚《うつ》ろで、気を失っているのか朦朧《もうろう》としているのか分からない二人の肩を軽く揺すりつつ、そう尋ねる。

すると、

「……うぅ……ここは……あんたは……？」

と返事があった。

瞳の焦点も合って来たので、俺はとりあえず安心しつつ、言う。

「良かった……気が付いたか。俺はレントだよ。一緒に試験受けた……覚えてるか？」

「レント……レント!?　なんで……いや、それより、ローラは……」

驚きつつもそう尋ねてきたので、

「ここにいるよ。意識を失っているようだが……大丈夫だ。生きてる」

そう言いながらローラに軽く聖気で治癒をかけると、

「……あ……あれ……。ここ、どこ……？」

そんなことを言いながら、ローラの目が開いた。

「ローラ!?」

横でその声を聞いたライズが、立ち上がろうとするが、

「痛ッ……！」

そう言って、倒れ込む。

見れば、足に怪我《けが》を負っているようだ。

襲われたときに怪我させられたのかな？

その上で、何らかの方法で衰弱させ、意志の力を奪い、身動きもとれないようにしていた、という感じだろうか。

魔術の構成は俺には見られないが、身体拘束系の魔術がかかっている可能性はあるな。

かなり周到というか、念入りだ。

とはいえ、足の傷は重傷という訳でもなく、これなら俺の力でどうにかできる。

まぁ、出来るだけ聖気は節約したいところだが、当然、見捨てるわけにはいかないからな。

「……レント。悪い……」

ライズがそう言ったので、俺は、

「気にするなよ。俺もパーティーメンバーなんだろ？　仲間を助けるのは当たり前だ」

前に銅級試験を受けた後、告げてくれた言葉を思い出しながらそう言うと、ライズとローラが感

動したような顔で、

「もちろんだ」

「覚えててくれたんですね……」

と言って来た。

そりゃ、当然覚えてるさ。

ここ十年で、俺のことをパーティーに誘ってくれた奴は皆無とは言わないが、それでもそんなに大勢いるわけじゃないんだ。

それに、そのほとんどが仲間に、というよりかは俺の器用貧乏なところに目をつけて誘って来た奴が多かったからな。

まともに、真正面から一緒に、なんて感じで言ってくれた奴は、さらに少ない。

そういう相手は、強いて言うならロレーヌとオーグリーなど数人くらいしか思い浮かばないくらいだ。

「……ま、今はそれよりも、ここを出る支度をしろ。もう立てるか？」

俺がそう言うと、二人も頭が徐々にはっきりしてきたようで、

「ああ、立てる……というか、さっきまで感じた怠《だる》さもないな。これは……？」

何か酷《ひど》い怠さを感じていたらしい。

俺は聖気で治癒した以外のことはしていないが、やはり何か魔術がかかっていたのかもしれない。

恒常的に効くような麻痺《まひ》に近い身体拘束系の魔術は、聖気に触れると吹っ飛ぶことが多い。

怠くなった、というのはそのせいだろう。

となると、他の四人もかな？

横を見ると、ロレーヌが他の四人を叩《たた》き起こしていたが、その際に解呪の魔術をかけているのが見えた。

やはり、そういうことらしい。

俺には細かい魔術を見る技能がないから、そこまで分からなかったが……まぁ、結果的に外れたようだし、いいか。

◆◇◆◇◆

——意外なことに、善戦しているな。

救出し、回復させた新人冒険者たちを後ろに庇《かば》いつつ観戦していて、俺はそう思った。

ニヴが？

いやいや、そんな訳がない。

そうではなく、吸血鬼《ヴァンパイア》の少年少女たちの方だ。

二対一であるから、一般的に考えれば吸血鬼《ヴァンパイア》の二人の方が有利なのだが、ニヴは白金《プラチナ》級を目前にする金級冒険者。

普通の冒険者とは一味も二味も違う高い実力を持つ。

通常の下級吸血鬼《レッサーヴァンパイア》程度ならそうそう太刀打ちできないはずだ。

しかし、思った以上にしっかりと戦えているのだ。

ニヴが手加減している可能性もあるが……。

ニヴの鉤爪が少年吸血鬼《ヴァンパイア》を上から襲う。

しかし、少年吸血鬼《ヴァンパイア》はそれを人間にはありえない反射速度で横にずれることで避ける。

そのままいつの間にか持っていた刀身の赤い短剣を振るってニヴの首を狙った。

ニヴはこれをしっかりと視認していて、ふっと笑い、ギリギリのところで首を反らして避ける。

けれど、そんなニヴの挙動を待っていたかのように、今度は少女吸血鬼《ヴァンパイア》の方がやはり、いつの間にか持っていた刃の赤く染まった大鎌をその首に振り下ろす。

これは流石のニヴでも厳しいか、と思うが、大鎌はニヴの顔の手前で止まった。

……いや、そうではないな。

ニヴは大鎌の刃を歯でガキリと嚙《か》み、白刃取りをしていた。

そのまま頭を振って少女吸血鬼《ヴァンパイア》を大鎌ごと吹き飛ばすと、ニヴは空中を飛んでいく少女吸血鬼《ヴァンパイア》にさらに迫る。

壁に激突し、挙動が鈍くなった少女吸血鬼《ヴァンパイア》の首筋を狙って鉤爪を振るう。

すると、少女吸血鬼《ヴァンパイア》の首に鉤爪による五本の切り傷が刻まれ、胴体と切り離された……流石に吸血鬼《ヴァンパイア》といえどもああなれば死ぬだろう。

そう思ったが、首が落ちた瞬間、少女の体諸共《もろとも》、ふっとその首と体は輪郭を失い、黒く染まって蝙蝠《こうもり》の姿となり四方八方に飛んでいく。

それから、ニヴの遥《はる》か後ろでもう一度集合すると、全ての黒い蝙蝠たちが合体して再度、少女の体を形作った。

「……はぁ、はぁ……」

少女吸血鬼《ヴァンパイア》は息を切らせているが、それでもしっかりと首と胴体はつながった状態でそこに立っていた。

切られたはずなのに、という感じだが、ニヴは特に不思議そうではない。

その理由は……。

「……ほう？　《分化》とは。名高い吸血鬼《ヴァンパイア》なのではないですか。てっきり弱っちい下っ端の吸血鬼《ヴァンパイア》かと思っていましたが……思った以上に色々と使えるようですね。血武器《サン・アルム》まで持っておられるようですし……これは楽しいですよ」

ニヴがそう言った。

《分化》というのは主に中級吸血鬼《ミドルヴァンパイア》以上が使用すると言われる特殊な力で、その身をたった今、少女吸血鬼《ヴァンパイア》がしたように、蝙蝠など影のような動物のものへと分ける力のことだ。

これの何が凄《すご》いか、と言えば切られても無傷で復活することが出来てしまうことだろう。

これによって、通常の物理攻撃が、まるで通用しない、と言われている。

中級吸血鬼《ミドルヴァンパイア》の退治の難しさの理由の一つだ。

ということは……あの二人は中級吸血鬼《ミドルヴァンパイア》なのだろうか？

分からない。

血武器《サン・アルム》というのは正直知らないが……あれもニヴの語り口からすると、《分化》と同じような吸血鬼《ヴァンパイア》特有の何かなのだろうな。

ちなみに俺はどっちも使えない。

より正確にいうならやろうとは思わなかった、だが。

なにせ《分化》は中級吸血鬼《ミドルヴァンパイア》しか出来ないという頭があったからな……後でちょっと試してみようかな。

「……私は楽しくない。あんたは……いったい何なの!?」

少女吸血鬼《ヴァンパイア》が叫ぶ。

彼女からしてみれば、突然現れた刺客だ。

聞きたくなるのは理解出来た。

ニヴは言う。

「そんなの、見れば分かるでしょう？　冒険者ですよ。貴女方の退治を任された、ね。降参しませんか？　今なら洗いざらいすべて情報を話すことで、天国一歩手前くらいまでは行けると思いますよ？」

……情報を収集する、ということはちゃんと忘れていなかったらしい。

よかった。

まぁ、当然と言えば当然か。

彼女はなんだかんだ言って高位冒険者なのだから、俺よりずっと抜け目がないはずだ。

吸血鬼《ヴァンパイア》の進行経路についてもしっかりと分析していたし、普段がちょっと読めない性格をしているだけで、十分に論理的なところも持ってる。

とは言え、天国一歩手前か。

天国に行けるとは言わないのだな。

そもそも、命は助けてやるとも言わないのか……当たり前か。

彼らを生かそうとしたら、どうやっても人の血が必要になってくるからな。

「……ジジュー。そいつの言うことに耳を貸すな。人間は……何も分かっちゃいない」

「ウーゴン。でも、私は……」

「悩むのは、後に、しろッ！」

少年吸血鬼《ヴァンパイア》が、少女吸血鬼《ヴァンパイア》にそう叫ぶと同時に、ニヴに飛び掛かる。

短剣の数は増えていた。

今は、全部で七本。

しかも、手に持った一本以外はすべて空中に浮いている。

あれが血武器《サン・アルム》というやつなのだろうか？

刃が赤く染まっていて、普通の武器ではない空気が伝わってくる。

少年の意志に従うように、次々にニヴに向かって飛んでいき、襲い掛かるも、ニヴはまるで踊る様にするするとすべてを回避している。

……やっぱり、手加減していたのか。

その表情は余裕そうで、実際、

「……こんなものですか。やはり、中級吸血鬼《ミドルヴァンパイア》ほどではない……。だが、《分化》も《血武器《サン・アルム》》も……これは、中々面白い。しかし、致命的に技術が足りませんね……この程度では」

そう言った瞬間、動きの質が変わった。

そして、鉤爪を振るい、全ての短剣を叩き落とし、砕き、さらにはそのことに反応出来ないでいる少年吸血鬼《ヴァンパイア》の直前に一瞬で距離を詰め、その首を切り落とす。

更に少女吸血鬼《ヴァンパイア》の方もほとんど同じタイミングで縦に切り裂いた。

……が、それでも、やはり先ほどと同じだ。

少年吸血鬼《ヴァンパイア》も少女吸血鬼《ヴァンパイア》もその身を蝙蝠のものに変え、元通りになる。

切られた、などという事実がまるでなかったかのように。

「……いくらやっても無駄だ。俺たちは、死なない」

少年吸血鬼《ヴァンパイア》の声が迷宮に響いた。

「……死なない？」

ニヴがそう口にすると、少年吸血鬼《ヴァンパイア》は言った。

「そうさ。俺たちは力を授かった。本来なら中級吸血鬼《ミドルヴァンパイア》にしか扱えない《分化》、それに上級吸血鬼《グレーターヴァンパイア》しか持つことの出来ない血武器《サン・アルム》を与えられた。見ただろう？　俺たちはいくら切られようと、いくら刺されようと、こうして無傷で蘇《よみがえ》ることが出来る。何度でも、何度でも、だ……」

「ふむ……なるほど、そう、です、かッ！」

頷きながら、ニヴは足に力を入れ、地面を蹴った。

そのまま少年吸血鬼《ヴァンパイア》をバラバラに切り裂いて見せるが、やはり、黒い蝙蝠となって飛び去り、集合してまた元通りになる。

少女吸血鬼《ヴァンパイア》の方も同様で、何度切り裂かれても復活してしまう。

「いくらやっても無駄だ……！」

「はやく諦めなさい！」

少年も少女も、そう言ってニヴを襲い続けるが、けれど不思議なことにニヴの顔には一切、焦りはなかった。

それどころか、口の端に笑みを浮かべて楽しそうですらある。

彼女は言う。

「諦める？　何を馬鹿なことを……私が吸血鬼狩り《ヴァンパイア・ハント》を止《や》めるときは、死ぬ時ですよ。それまで、永遠に、ずっと！　貴方《あなた》方は私の獲物です。そう、滅びるまで、ね！」

狂気か、執念か。

彼女の中の一体何がそこまで吸血鬼《ヴァンパイア》に対する執着を生み出すのか分からないが、その狂おしいほどの思いは本物だ。

目に宿る光、それが伝えるものは一貫して変わらず、どこまでも吸血鬼《ヴァンパイア》たちの姿を追う。

彼女が諦めることがあるとしたら、本人の言う通り、彼女自身がこの世から消滅する時なのだろう。

そして、ニヴと吸血鬼《ヴァンパイア》二人の戦いはしばらく続いたが……。

「……!?」

「……えっ……!?」

吸血鬼《ヴァンパイア》二人が、急に眼《め》を見開いて、自分の体を見た。

何十回目か分からないが、ニヴに切り裂かれ、復活した直後のことだった。

ニヴはそれを見て、笑う。

「……ふふっ。やはりね」

何が、と思うが、彼女の視線が向かっている方向を見れば、一目瞭然だ。

動くことも出来ず、何か言葉を発することも出来ずに、ただ、ニヴが近づいてくるのを見ていた。

「さぁ、お眠りなさい。暗闇は、温かくあなたを迎えてくれるでしょう」

ニヴは、目の前までやってきて、未《いま》だに動けないでいる少年吸血鬼《ヴァンパイア》の首を、その鉤爪で刎《は》ねた。

すぱり、と分かたれた首と体。

しかし、今度ばかりは黒い蝙蝠へと変化することなく、切断された部分からふっと砂に変わっていき、そして完全に消滅してしまった。

さらに、少し離れたところにいる少女吸血鬼《ヴァンパイア》のもとまで歩く。

少女吸血鬼《ヴァンパイア》の方も、やはり、身動きが取れない。

声も出ない。

いや……。

「あ……あっ……私」

振り上げられたニヴの鉤爪を凝視して、何かを言いかけたが、

「貴女は、死にゆく人間の言葉など、まともに聞きもしなかったのでしょうね」

そう言って、その言葉を聞くことなく振り下ろした。

真っ二つに割かれた少女の体はそのまま、砂へと変化して、空気に解けていく。

二人の吸血鬼《ヴァンパイア》がいなくなった後、ニヴはそのまま、突っ立っているなりかけの屍鬼《しき》たちの方へ進み、何とも言えない表情で彼らを見つめてから、

「……ミュリアスさん、出番ですよ。こちらへ。レントさんもお手伝い頂けますか？」

そう言った。

ミュリアスや俺の出番、とは何かといえば、聖気による浄化をしろということだろう。

ニヴも聖気は使えるが、浄化は不得意だ、という話だったからな。

どんな人間にも向き不向きがあるということだろう。

しかし……。

「いいのか？　なりかけとは言え、屍鬼《しき》だ。自分の手でやらなくて」

俺はニヴにそう尋ねる。

ニヴは吸血鬼《ヴァンパイア》は絶対殺す奴だと認識しているので、それなら屍鬼《しき》とはいえ、他人に任せるのは不本意なのではないか、と思ったのだ。

ちなみに俺はニヴにもはや敬語を使っていないが、これはニヴが戦闘中そんなもの使っていては面倒くさい、とここに来たメンバー全員に言ったからである。

そして、俺の質問に対し、ニヴは首を横に振って珍しく曖昧な表情を浮かべながら言う。

「……なりかけですからね。まだ身も心も屍鬼《しき》という訳ではない。とは言え、救う手段がある訳でも、ない。消滅させるしか方法がない。なりたくもないものに無理やりされて……どれだけ彼らは無念か。私にも思うところがあるのですよ。ですから、せめて苦しみのない手段で、安らかに、とね。おかしいですか？」

意外なほどに物柔らかで慈悲に溢《あふ》れた意見だった。

もちろん、全くおかしくない。

それどころか、ひどく優しい話だ。

「いや……ニヴがそんなことを言うなんて、ちょっと驚いただけだ。いい考えだと思うよ」

素直にそう言うと、ニヴは誤魔化すように笑って、

「ま、私は極めて慈愛に満ちた超存在ですからね。あまねく人々に優しさを注ぐことなど普通です」

と肩をすくめた。

いつも通りのニヴだが何を言ってんだかという感じである。

ともかく、とりあえず浄化だな。

「レントさん。やり方は大丈夫ですか？」

ミュリアスが近づいてきてそう尋ねてきたので、俺は頷く。

「ああ。普通に聖気で浄化をかければいいんだろ？」

「ええ。ただ、一人ずつ行った方がいいです。まとめてやってしまうと、消費が増えるので。私はこちらの方からやりますので、レントさんはあちらからお願いします」

そう言って、なりかけ屍鬼《しき》の列の一番端に行ったので、俺は反対方向に向かい、そこから順番に浄化をかけていくことになった。

無反応のなりかけ屍鬼《しき》たちは、浄化をかけると指先からゆっくりと灰に変わっていく。

悲鳴もうめき声も何もない。

ただ、その目は、穏やかな感情を伝えているように思えた。

全員を灰へと変えると、そこに残ったのはなりかけ屍鬼《しき》たちが身にまとっていた服や持ちものだけだった。

そんなものの中から、その場にいる全員……捕まっていた者たちも一緒に、身元を確認出来そうな品を回収していると、

「……む、これは……？」

とニヴが俺の浄化した屍鬼《しき》の灰に近づき、凝視した。

それから、その中にあったもの……つまりは、なぜか俺が聖気を使うたびに生えてしまう植物を手に取った。

今回は芽ではなく、小さな苗木だ。

と言っても、ものすごく細く、小さいけど。

「これは一体……？」

と、ひどく不思議そうなので、俺は説明する。

「俺に加護を与えてくれたのが植物系の神様だったから、聖気を使うとなんか生えてくるんだよ。特に害はないと思うぞ」

「ほう、植物系の……これはまた、珍しいですね。いただいても？」

「別に構わないけど……ただの木だぞ？」

そう俺が返すと、ニヴは首を横に振って、

「いえいえ、聖気を帯びているじゃないですか。しっかり育てれば、いずれ聖樹になるかもしれません。あれは非常に貴重な素材なので……身近で手に入ればいいなと思っていたのです」

「流石にそうはならないんじゃないかと思うけど……というか、手に入れたことがあるのか」

ハイエルフの治める古貴《こき》聖樹国は冒険者であってもそうそう立ち入れない、閉鎖的な国である。

さらにそんな彼らが崇拝し、大切にしている聖樹の一部を手に入れようとしたら、どれだけの労力が必要かわかったものではない。

葉っぱですら俺が持っている聖気の量を越える聖気を含有しているのではないだろうか？

前にクロープから聞いた話からすると、それくらいの品であることは確実だ。

それなのに、ニヴは……。

俺の質問にニヴは答える。

「ええ、まぁ、枝を少しばかり拝借したことが……あの時は流石の私も死を覚悟しましたね。いやはや」

「忍び込んだのか……？」

「他に聖樹の枝なんて手に入れる方法はほとんどないですよ。ハイエルフ共の放つ魔術が私を狙ってバンバン飛んでくるのです。当たったら蒸発してましたね」

そんな話を横で聞きながら、ロレーヌが、

「なんて無謀な……」

と呆れていた。

探究心の塊であるロレーヌでも、流石に古貴聖樹国の最深部、もっとも警戒されているところに侵入するというのは無謀な話だと捉えるようである。

当たり前か。

「ちなみに、何のために聖樹の枝を？」

「知りたいですか？　でも、それは内緒です。いつかお見せする機会があればそのときをお楽しみに、というところですね」

そう言われてしまった。

まぁ、手の内を出来る限り明かさないというのは冒険者の基本であるし、それだけ苦労して手に入れたものを使って何をしたのかを教えたくないという気持ちはよく分かる。

だからこれ以上聞かない。

そして、なりかけ屍鬼《しき》たちの遺品を粗方回収したところで、

「……おい、こっちで何か大きな力の反応がしたんだが……！」

と言いながら、他の冒険者がやってきた。

俺たちと一緒にマルトを出発した、精鋭パーティーのうちの一組である。

そんな彼らにたった今、ここであったことについて説明すると、彼らの中でリーダーと思しき中年男が、

「……そういうことなら、こいつらはさっさと連れて帰った方がいいな。俺たちがそれは受けもとう。あんたたちは、探索を続けてくれ」

そう言った。

「良いのですか？　手柄は私たちが収めることになってしまいますけど？」

このメンバーだとランク的にも経験的にもニヴがリーダーということになるので、彼女が代表してそう尋ねる。

中年男は、

「最初に吸血鬼《ヴァンパイア》どもを見つけたのはあんたたちなんだから、それでいいだろう。実力や経験もあんたたちの方が上だ。それに、こいつらを無事に連れて戻るのも大事な任務だからな。俺たちの仲間をやった奴を……倒してくれよ」

そう言った。

ニヴはそれに頷いて、

「ええ、もちろんです。吸血鬼《ヴァンパイア》共は、私たちが必ず滅ぼしますよ。期待して待っててください」

そう返答したのだった。

◆◇◆◇◆

ライズやローラたち、捕まっていた冒険者たちを中年冒険者パーティーに預けると、俺たちは迷宮を更に奥へと進み始めた。

といっても、それほど奥というほどでもないのだが。

なにせ《新月の迷宮》の第一階層にすぎないのだ。

歩き回るのは楽な方である。

それに広大な広さを持つ石の迷宮である《新月の迷宮》の第一階層であるが、ニヴはしっかりとマッピングされた地図を持っているようで、角などでたまに見ているが迷うそぶりは一切ない。

俺にしたって、アカシアの地図を持っているからな。

ただ不思議なのは完全にマッピングしているのに、屍鬼《しき》や吸血鬼《ヴァンパイア》たちの存在は表示されていない。

歩いている人間の名前はきっちり表示されているのだが……使い方が悪いのかな。

ローヌと色々相談したりしながら機能の確認もしているが、全てが分かった訳ではないから仕方がない。

この騒動が一段落したら、もう少し迷宮を歩いて色々使い方を考えてみるべきかもしれない。

「……む、また、いますね」

迷宮の角で再度立ち止まり、ニヴがそう言った。

吸血鬼《ヴァンパイア》をまた発見したということだろう。

ニヴは続ける。

「私がまず突っ込みますので、皆さんはその後に続いてください。今度はしっかりと動いている屍《し》鬼《き》もいますので、そちらはレントさんとロレーヌさんにお任せしますよ……」

角の先を見てみると、そこには先ほどのような広場があり、そこには確かに彼女の言う通り、吸血鬼《ヴァンパイア》らしい少年が一人いた。

屍《し》鬼《き》も数体いて、少年との違いはその顔が腐食し、肉が剥がれ、乾燥しているところだろう。

「では……行きます！」

ニヴがそう言って、角から飛び出していくと、

「何者だっ!?」

という声が響く。

緊迫感に溢れた声だ。

それに対し、

「吸血鬼《ヴァンパイア》如《ごと》きに名乗る名はありません、よっ！」

ニヴはそう言いながら爪を振るう。

「……冒険者か、なるほど、気づいた訳だな」

少年はそう言って、ニヴの爪を避け、戦い始めた。

「屍鬼《しき》ども！　この女を襲え！」

そんなことも続けて言うが、その指示が達成されることはない。

ニヴに続いて、俺とロレーヌも広場に飛び込み、屍鬼《しき》と戦い始めたからだ。

幸い、それほど数は多くない。

全部で五体だ。

下級の吸血鬼《ヴァンパイア》の一種とは言え、豚鬼《オーク》などと比べればそれなりの強力な魔物である。

銅級程度であれば、二人で相手をするのは厳しいところだ。

けれど、確かに俺は銅級だが、魔物の体と魔力、気、聖気全部持ちというちょっとしたズルがあるし、ロレーヌは紛うことなき銀級冒険者だ。

ものの数ではないとまでは言わないが、ニヴと吸血鬼《ヴァンパイア》の戦いに水を差されないように足止めしつつ戦うくらいのことは十分に出来る。

あくまでも、二人で協力しながら、だけどな。

俺が一人で色々と人間離れした動きも駆使して聖気も全開で使えば片づけることも可能だろうが、そこまでやってしまうとニヴとミュリアスに色々見られてしまう。

二人とも悪人だとは思っていないが、それでも俺の全てを見せる訳にはいかない。

俺が魔物だと露見するかもしれない、という以外に、何かのきっかけで敵対しないとも限らないしな。

ヤーランでは宗教的な部分についてはかなり大らかかつ平和に生きて来られた俺だが、ロレーヌに言わせるとロベリア教はマジヤバいということらしいし、警戒してし過ぎることもないだろう。

まぁ、それでも結構色々知られてしまっている感じはあるが、まだ普通の冒険者ですと名乗っておかしくない範疇《はんちゆう》ではあるだろう。

ちなみに、どんな風に戦っているかと言えば、主に俺が前衛で、ロレーヌが後衛という分かりやすいやり方だ。

剣でもって屍鬼《しき》たちの爪や嚙み付きをガードし、隙がある部分に切り付ける、というやり方を俺が繰り返し、ロレーヌはそんな俺の攻撃の合間を縫って、ニヴのところへと抜けようとする屍鬼《しき》に魔術を放ち、押し返している。

もちろん、たった二人しかいないのに複数相手にこんな戦い方をしていると普通ならすぐに綻びが出てしまうものだが、その辺りは俺とロレーヌの十年の付き合いの賜物《たまもの》で、連携はほぼ完ぺきなため問題がない。

お互いが次にどういう動きに出て、何をしようとしているのか、口にせずとも、また一切合図を出さずとも分かる。

例えば、俺が屍鬼《しき》に切りかかったが、あえなく弾《はじ》かれて少し吹き飛ぶ。

直後、俺に屍鬼《しき》が迫ってくるが、背中の方から魔力をふっと感じ、そのまま俺が頭を下げるように上半身をずらすと、今まで俺の頭があった場所を射線に次の瞬間、炎の弾が撃たれ、屍鬼《しき》の顔面を燃やす。

そんな具合にだ。

こんなことを繰り返すうち、屍鬼《しき》は一体一体減っていき、そして最後の一匹になり、

「……これで終わりだ」

俺が締めくくりに剣を横に振って首を落とした。

それから背後を……つまりはニヴと吸血鬼《ヴァンパイア》の方を見てみると、すでにそちらも戦いが終わりかけていた。

吸血鬼《ヴァンパイア》の少年の体は傷のない綺麗《きれい》なものだったが、息が上がっている。

おそらく、《分化》を使った再生を繰り返し、スタミナが切れかかっているのだろう。

それでも、先ほどの少年少女吸血鬼《ヴァンパイア》とは異なり、体は砂化していない。

ニヴは少年吸血鬼《ヴァンパイア》に言う。

「貴方はむやみやたらに《分化》されないのですね？　血武器《サン・アルム》もお使いにならないようですし……」

それに対して、少年吸血鬼《ヴァンパイア》は馬鹿にしたように言う。

「ははっ。ジジューとウーゴンと戦ったのかい？　あいつらと僕は違うよ。あいつらは最近仲間になったから、まだあんまり力について教えてもらってなかったのさ」

「……ほう？　それは酷い話です。使い過ぎれば危険だと教えてやれば、あんなに無残な死に方はしなかったでしょうに」

ニヴはそう言うが、そうでもないような気がするが……。

結局ニヴが似たような滅ぼし方をしたんじゃないか？

まぁ、それは言っても仕方がないか。

「……死んだのか。そっか……まぁ、別にわざと教えなかったわけじゃないんだ。本当なら、こんなところに君たちのようなのが来る前に、決着がついているはずだったからね」

「後から教えるつもりだったと？」

ニヴの言葉に少年吸血鬼《ヴァンパイア》は頷いて、

「そりゃあそうさ……まぁ、戦うのに少し慣れてもらってから、とは思っていたけどね。流石にここまでの手練れがやってきたのは……予想外だったのさ。マルト程度の辺境都市じゃ、どれだけ強くても銀級程度。《分化》さえ使えれば、死ぬこともないし、逃げることもたやすい……はず、だったんだけどね」

そう言った。

通常なら少年の予測はそれほど間違ってはいなかっただろう。

ただ、ふらっと訪れたニヴの執着心や嗅覚がちょっと尋常ではなかっただけだ。

彼女がいなければもう少し時間を稼げただろうし、その間に今回の騒動を引き起こして逃げ去ることも容易だったかもしれない。

けれど、ニヴは来た。

執念深く追いかけ、そして的確に吸血鬼《ヴァンパイア》を処理していく。

「……しかし、その割には、随分と余裕がありますね？……!?　そうですか、なるほど……」

客観的に見て、少年吸血鬼《ヴァンパイア》は今、かなり追い詰められている。

なんだかんだ言ってはいても、もうその消耗は限界に近く、逃げようとしてもここは行き止まりだ。

それすらも厳しいはず。

それなのに、その口の端に張り付いた笑みが崩れることはない。

まるでこれが計画通りだとでも言うように……。

そのことに、ニヴは気づいたのだろう。

少年吸血鬼《ヴァンパイア》は言う。

「おや、分かってしまったのかい？」

その言葉にニヴは、

「……時間稼ぎ、といったところですか？　本来の目的は街にあったとでも言いたいのでしょう。しかし、冒険者の大半は街にいます。こんなことに何の意味が……」

「ニヴ・マリス。それは自分自身を過小評価しすぎだ。貴女さえいなければ、マルトなど僕らにとっては羊の狩場に過ぎない……というのは少し言い過ぎかな。僕も最近知ったけど、あの街はど田舎にありながら、意外なほど妙にこなれた冒険者が揃《そろ》ってる。ただ、それでも僕らを捕らえて殺すことの出来る冒険者はほとんどいないさ。まぁ正直、僕程度だったら分からないけど、シュミニ様をどうにかできる者はいないだろうね」

微妙なところだな。

腕の立つ奴らはそれなりにいるし、吸血鬼《ヴァンパイア》の再生能力は決して無限ではないことはさっきので分かった。

だから、ずっと戦い続ければいずれは滅ぼすことも可能だろう。

しかし、狭い迷宮の石壁の間ならともかく、外で戦うとなると……《分化》によって逃げられるんじゃないか？

ニヴなら何かしらの対抗手段を持っているかもしれないが、マルトに今いる冒険者に吸血鬼《ヴァンパイア》の専門家なんていない。

基本的な対策なら冒険者組合長《ギルドマスター》のウルフがやっているだろうが、的確に吸血鬼《ヴァンパイア》の弱点を突きながら倒す、なんていうのは吸血鬼狩り《ヴァンパイア・ハンター》でなければ厳しいからな。

冒険者は吸血鬼《ヴァンパイア》だけを相手にしている訳ではないのだ。

それだけに特化している方が珍しい。

それにしても、シュミニ、というのは先ほどの少年少女吸血鬼《ヴァンパイア》も口にした名で、彼らの主《あるじ》のものだが、この少年という訳ではなかったようだ。

親玉は、街、という訳か。

それを理解してニヴは言う。

「……そうですか。ま、いいでしょう。貴方を殺して、即座に街に戻れば済むことです」

「それを、僕がさせると思ってる？……ふふふ」

そう言った瞬間、少年吸血鬼《ヴァンパイア》はどこかから赤い細剣を取り出し、そしてそれに魔力を込めた。

すると、細剣から不穏な力が発生し、少年に流れ込み、少年吸血鬼《ヴァンパイア》の体の形を変えていく。

細く華奢《きゃしゃ》だったその体から、ブチブチという音が鳴り響き、腕や胸、それに太ももが盛り上がって、その仕立ての良さそうな服を破裂させた。

「……なんだ、あれは」

思わず俺がそう呟《つぶや》くと、ニヴが答えてくれる。

「《血武器《サン・アルム》》の力です。原理としては、聖剣を持った人間が強化されるのと同じです。そして、中級《ミドル》以上の吸血鬼《ヴァンパイア》が切り札としているもの……ただ《血武器《サン・アルム》》自体が珍しいものですから、滅多に見られませんけどね。しかし、あれはまずい。ああなった中級吸血鬼《ミドルヴァンパイア》は力だけなら上級クラスに匹敵します」

少年吸血鬼《ヴァンパイア》の姿は、今や吸血鬼《ヴァンパイア》ではなく、半ば鬼人《オーガ》のようになっていた。

しかし、その瞳には理性の輝きが宿っているし、動きもどことなくスマートだ。

鬼人《オーガ》とは、違うものだということが分かる。

それに、受ける圧力も大きく異なる。

あれは、危険なものだと何かが告げている。

「……勝てるのか？」

「勝ちます。が、時間が少しかかるかもしれません。今でなければ別に問題なかったのですが……レントさん。貴方はロレーヌさんと一緒に、先に街に戻ってくれませんか？　街にいるらしい吸血鬼《ヴァンパイア》の親玉を、見つけて滅ぼしてください」

「いいのか？」

それこそ、自分の手でどうにかしたいのではないかと思ったのだが、ニヴは、

「まぁ、ここは役割分担ということで妥協しましょう。が、私はこいつを滅ぼしたらすぐに街に向かいます。それまでにまだ親玉吸血鬼《ヴァンパイア》が生きていたら……横からかっさらいますのでよろしく」

そう言ってにやりと笑った。

……なんだか、こいつかっこいいぞ、と思ったが言わないでおく。

それから俺はすぐに踵《きびす》を返して言う。

「ロレーヌ！　街に戻るぞ！」

「ああ！」

二人で広間から続く通路に向かって走ると、

「……おっと、行かせないよ？」

という声が横から聞こえた。

一瞬で距離を詰めて来た、少年吸血鬼《ヴァンパイア》……いや、鬼人型《オーガ》吸血鬼《ヴァンパイア》とでも言うべきものだ。

相当に力が強化されているようで、俺たちをここから出て行かせないためにその力を存分に振るうつもりらしかった。

しかし、

「そういう訳にはいかないんですよ！」

鬼人型《オーガ》吸血鬼《ヴァンパイア》に続いて、ニヴが現れ、俺たちに向かって腕を振るおうとしていた吸血鬼《ヴァンパイア》に対し、鉤爪を振るって広間の奥へと弾き飛ばした。

「さぁ、お二人とも！　今です！」

凄い普通に先輩冒険者やってくれてる、かっこいい、と思ったがやはり言わずに、

「また後でな！」

とだけ叫ぶ。

ミュリアスは廊下から広間のニヴと吸血鬼《ヴァンパイア》の戦いを覗いているだけなので、一緒に、と思ったが、彼女には後で吸血鬼《ヴァンパイア》の浄化をするという役割もある。

そういう訳にはいかないだろう。

彼女もそれは分かっているようで、

「お気を付けて！」

と俺とロレーヌに言ったので、手を振って俺たちはその場を後にした。

◆◇◆◇◆

別にニヴは俺のことを信用して親玉を任せた、という訳ではないだろう。

そうではなく、マルト周辺に存在する全ての吸血鬼《ヴァンパイア》を確実に潰したかったのだと思う。

というのも、《新月の迷宮》にいた吸血鬼《ヴァンパイア》は、上級クラス相当という話だったし、俺が昔に比べればそこそこ強くなっているとはいえ、倒せるかと言われると仮になりふり構わず全力を出したとしても微妙なところだった。

ニヴからしてみれば、まず間違いなく無理、と感じていただろう。

だからニヴは自分で倒すことにしただけだ。

そして親玉吸血鬼《ヴァンパイア》については、一体どんな理由があってマルトにいて、何をしているのかは分からないが……ただ屍鬼《しき》たちを暴れさせるだけではなく、それに加えて何かをやろうとしているのは間違いない。

《新月の迷宮》にニヴを引き寄せて、切り札であろう《血武器《サン・アルム》》の力を使って引き止めなければならない程度には、時間がかかることをだ。

マルトの戦力は、あの少年吸血鬼《ヴァンパイア》が言うように心もとないところもあるが、それでも、多少の時間稼ぎくらいは出来るだろう。

何のためのか、と言えばニヴがあの少年吸血鬼《ヴァンパイア》を倒して、マルトに到着するまでの時間だ。

そして、俺にもそれを期待されているのだと思う。

俺ならば親玉吸血鬼《ヴァンパイア》を倒せる、みたいな言い方をしていたが、あくまでうまいこと乗せようとしての台詞だろう。

中級吸血鬼《ミドルヴァンパイア》に苦戦しそうな程度の力で、それよりもさらに強力かもしれない存在と戦って勝てる訳がない。

でも、足止めくらいは可能かもしれない。

親玉吸血鬼《ヴァンパイア》の邪魔をするだけして、ニヴの到着を待つのが俺がすべきことだろう。

……可能なのかな？

まぁ、そこは頑張ってどうにかしよう。

きっと為《な》せば成る。

多分。

◆◇◆◇◆

マルトに到着すると、轟音《ごうおん》が聞こえた。

「レント！　中央広場の方だ！」

ロレーヌがそう言って駆け出す。

俺も同様に走った。

……やっぱり、身体能力の差は大きく、ロレーヌの速度は遅い。

しかしロレーヌの魔術の腕は親玉吸血鬼《ヴァンパイア》と戦うためには必要だ。

結論として、俺は、

「……ちょっと急ぐぞ」

そう言ってロレーヌを抱え上げ、それから足に力を籠《こ》める。

「レ、レント……！　すまん……」

ロレーヌが申し訳なさそうにそう言うが、これは単純に適材適所の問題だ。

俺は体が魔物で、かつ剣士であるから身体能力が高く、こういったことが得意。

対してロレーヌは魔術師で、その得意分野は砲台としての役割だ。

気にするようなことじゃない。

だから俺は言う。

「親玉吸血鬼《ヴァンパイア》と戦う時は、活躍を期待してるよ」

すると、ロレーヌは頷いて、

「ああ、もちろんだ」

そう言った。

◆◇◆◇◆

そこはまさに阿鼻叫喚《あびきょうかん》だった。

中央広場では、何人もの冒険者たちが呻《うめ》きながら地面に転がっていた。

皆、満身創痍《まんしんそうい》で、骨を折り、血を流し、また体に穴が開いている者もいる。

そんな中を、治癒術師たちが走り回っていた。

ただ、怪我人たちの中にはまだ立って指示を出している者もいて……。

「……ウルフ！」

冒険者組合長《ギルドマスター》の姿を見つけて、ロレーヌを下ろし、俺は駆け寄った。

「……レント、か。《新月の迷宮》の方は、どう、だった？　それと、ニヴ・マリスは……」

立ててはいるが、彼自身も傷だらけだ。

ぼたぼたと血が流れている。

無駄遣いは出来ないが、とりあえずの止血を聖術でもって施すと、

「……お前、便利だな」

大分復活したらしいウルフが目を丸くして言った。

そういえば聖気を実際に使って見せたことはまだなかったかな。

ちょっと驚くくらいで済んでいるのはもう俺について何が起こってもおかしくないと思っているからかもしれない。

魔物になるよりはずっと良くあることだしな。聖気を使えるくらいのことは。

「それで、何があったんだ？　誰にやられた？」

ロレーヌがウルフにそう尋ねる。

何かが爆発したかのような跡がそこかしこに残ってはいるものの、それを起こしたと思しき犯人の姿は中央広場のどこにも見えなかった。

だからこその質問だったわけで、これにウルフは答える。

「おそらくは上位の吸血鬼《ヴァンパイア》だ。見た目からははっきりと中級吸血鬼《ミドルヴァンパイア》なのか上級吸血鬼《グレーターヴァンパイア》なのかは判別できなかったが……力が桁違いだったからな」

「多分、そいつが親玉吸血鬼《ヴァンパイア》だろうな。《新月の迷宮》でその手下と思しき吸血鬼《ヴァンパイア》たちに会った。そいつらの一人が言うには、マルトで何かやるつもりらしい……ニヴはまだそいつと戦ってるよ。倒し次第、戻ってくる予定だ」

俺の言葉にウルフは、

「……大量の屍鬼《しき》が暴れてるだけでも大した事件だってのに、まだ何かやる気なのか……こいつは、じっとしてらんねぇな……ゲホッ……」

言いながら、せき込み、血を吐くウルフである。

やっぱり少し聖気の治癒をかけたくらいじゃ厳しそうだ。

さらに重ねてもう少し治癒を……と思って手を掲げたのだが、ウルフはそれを止めて、

「そいつは温存しとけ。さっき言った吸血鬼《ヴァンパイア》は何だかわからねぇが、向こうの方に飛んでった。まだ怪我が浅かった冒険者たちが追いかけてるから、お前らも行って来い。そして倒すんだ。マルト冒険者の底力を見せてやってくれ」

「ウルフ、だがその前に、あんたも治癒を……」

周囲に治癒術師たちがいるのだ。

彼らに優先的に治癒をかけてもらった方がいい。

なにせ、ウルフは冒険者組合長《ギルドマスター》なのだ。

責任者がここまで重傷では色々と問題があるだろう。

しかしウルフは、

「他の奴らの傷の方が深いからな。まずはそっちが優先だ。それにここまで傷つくとマルトにいる治癒術師の力では完治までは持ってけねぇ。それじゃ、戦力にもならねぇからな……意味がない。ただ、頭の方ははっきりしてるから、指示は出せる。これくらいで十分だ。今、お前にも治癒をかけてもらったしな」

と言い張って聞かない。

言い分は分からないでもないが……。

ウルフの目を見ると、説得しても聞きそうもない。

そういうことならもう仕方がないだろう。

俺が頷いて、

「わかったよ……じゃあ、吸血鬼《ヴァンパイア》を追ってくる。死ぬなよ」

そう言うと、ウルフは、

「当たり前だ」

と獰猛《どうもう》な肉食獣のように笑ったのだった。

閑話　イザーク・ハルト

「……来ると思っていたよ。君は私たちの中でも特に、血が好きだった。これだけの騒ぎを起こしたのも、全て、君のため……」

ローブ姿の男が、マルトの街の端にある建物の屋根の上で、そう言って笑った。

目の前に立っているのは、私、イザーク・ハルトだ。

「頼んでもいないことを勝手にやられて、誰が喜ぶと？　私はもうお前たちとは関係がないんだ。さっさとこの街から去れ」

我ながら、かつての《仲間》に対して、これほどまでに酷薄な声をよく出せたものだ。

昔なら、決してこんな言葉はかけることがなかっただろう。

《仲間》は、友人であり、兄弟であり、そして同志だった。

凡百の繋《つな》がりとは違う、血よりも濃く、強い絆《きずな》がそこにはあった。

だから……こんな風に、袂《たもと》を分かつ時が来るなどとは、想像もしていなかった。

けれど、人生とは分からないものだ。

想像もしていなかった出会いが、物の見方を大きく変える。

今の私にとって、彼は《仲間》ではない。

けれど、彼にとっては……そうではないということも分かる。

多分、ボタンのかけ方が違っていたら、私は向こう側にいて、彼こそが私のいる場所に立っていただろうと思うから。

彼は私にかけられた言葉にショックを受けたようで、青白い顔をさらに蒼白《そうはく》にさせた。

そして、言う。

「……何を……一体何を言ってるんだい？　イザーク。もっと笑ってくれ。もっと喜んでくれよ。あの頃のように。計画にも目途が立ってきてるんだ。昔は夢物語だったことも、今なら……。戻ってきてくれ。戻ってくるんだ、イザーク！」

最初はただ、困惑しているように言葉を紡いでいただけだった。

しかし、徐々にそれは悲痛なものへと変わり、最後には怒気の混じった声へと変化した。

ありとあらゆる感情が、彼の中でぐるぐると渦巻いていることが分かった。

それは、私にとっても辛《つら》いことで……けれど、その内容に、惹《ひ》かれる部分はない。

計画、夢物語、楽しかった日々……。

色々思い出されることはある。

けれど、全ては今の私にとって、セピア色の景色でしかない。

色褪《いろあ》せた思い出は、たまに手にとって懐かしむことはあっても、その中に戻りたいとまでは思わない。

「シュミニ。昔の誼《よしみ》だ。もう一度だけ言おう。この街から、去れ。でなければ……」

続きを言おうとしたが、

「……ッ!?」

ひゅんひゅん、と下の方から矢が撃ち込まれる。

魔術もだ。

「いたぞ！　あいつだ！」

私を狙ったものではなく、ローブ姿の男……つまりは、シュミニを狙ったものだ。

シュミニは、

「……人間め！　今は重要な話をしているというのに……」

と呟《つぶや》きながら、手元に魔力を集め始める。

かなり規模の大きな魔術を使うつもりらしい。

屋根の下の方に続く街の道路に集まっている冒険者たちの数は十人ほどで、その全てをそれでもって屠《ほふ》る気であることが分かった。

だから……。

「……あまねく宿る魔の力よ、我に従い、全てを焼き尽くせ《火嵐《ファイア・ストーム》》……ッ!?」

私は唱え終わる直前に、彼の腕に向かって火球の魔術を放つ。

大した攻撃力はないものの、彼が唱えたような規模の大きな魔術とは異なり、一瞬で組み上げ、また詠唱も省略が可能なものだ。

それはシュミニの腕に命中し、彼の魔術の狙いを大きく逸《そ》らす。

結果として、下にいる冒険者たちに命中することはなかった。

とはいえ、街にある建物に命中してしまったが……この辺りに住んでいる人間は皆、避難済みだ。

それが分かっていて、あえて、ここで気配を放出しながらシュミニを待ったのだから、当然だ。

そうはいっても、住んでいた家屋を壊された住人はたまったものではないだろうが、あとで弁償すればいいだけの話だ。

せっかくの魔術の狙いを逸らされたシュミニは、下でまだ魔術や矢を放ち続ける冒険者たちを睨《にら》むように一瞥《いちべつ》してから、私に向かって困惑と怒りの視線を向けて来た。

「……今、何をしたんだ？　なぜ、奴《やつ》らを……助ける？　君はそんな男ではないだろう？　思い出してくれ。共に戦った日々を。人間を殺し、街を滅ぼし、血を啜《すす》ったあの時のことを！」

「確かに、そんな時代もあったな……」

断末魔の悲鳴が尽きることがなかった。

自分のしていることに疑問も抱かずに、ただ、そうすべきだと思って活動し続けていたあの頃。

「だったら……！」

「私は何も知らなかったのだ。だからと言って、許されることだとも思っていないが……もう、繰り返すことだけはない」

はっきりと断言すると、シュミニはバランスを崩したように後ずさり、膝から崩れ落ちる。

それから、

「……くく……くっくっく……ははは……そうか。君は……変わってしまったんだな。きっと、人間に騙されているんだ。そうだろう？　どこにいる？　君をだます、不埒《ふらち》な人間は……どこに！　私が殺しに行こう。そうすればきっと君は戻ってくる……そうだろう!?」

そう叫ぶ。

いくら説明しても、分かってはもらえなそうだ、とそこでやっと理解した。

……遅すぎか。

初めから分かっていたことだ。

彼らと今の私とはどうやったって分かり合えないことなど、初めからはっきりしていたというのに。

少しだけ、ほんの少しだけ期待してしまっていたのだ。

長い間共にいて、同じ目的のために様々な場所を駆け抜けた。

だからこそ、どんな風に変わったにしても、話を聞き、最後には理解してくれるかもしれないと……。

そんな訳ないのに。

彼らの求めは、願いは、そんなに簡単に揺らぐものではないということを、忘れていた。

私は、揺らいでしまった側だったから。

「私はだまされてなど、いない。しかし、この街の人間にこれ以上手出しするつもりなら……たとえかつての友人と言えど、敵対することを厭《いと》うつもりはない。そのために来た」

そう言って、私は剣を抜く。

かつて与えられた剣を。

「……いいだろう。ならば、直接その身に尋ねるのみ。なに、酷《ひど》いことはしないと誓おう。ただ、君が名前を言うまで少し痛めつけるだけだ」

そう言って、シュミニも武器を取り出す。

それは血のように赤い剣だった。


――キィン。

私の剣と、シュミニの剣が重なり合い、そんな音を鳴らした。

吸血鬼《ヴァンパイア》の持つ、特別な作りの武器、《血武器《サン・アルム》》。

その力を十全に発揮すれば、いかなるものをも切り裂くことの出来る暗黒の魔剣。

吸血鬼《ヴァンパイア》の鍛冶師が、使い手の血を用いて作ることにより、その体内に収納することが出来るようになり、また特別な能力を宿すことが出来るようになるもの。

シュミニのそれは、とても懐かしく感じられた。

かつては隣でそれを振るう彼を、頼もしく見ていた。

共に戦い、そして我々の悲願を叶《かな》えるのだと思って。

今は……その剣がとても重い。

仲間としてなら極めて頼もしかったそれは、敵として戦っている今、おそろしく強力な一撃を私に加えてくる。

私の武器もまた、同じもの……。

長い間使わずに、血も吸わせず放置しておいたから、血の色は帯びていないが、それでもその耐久力は衰えていない。

一般的な武具であれば《血武器《サン・アルム》》と打ち合いなどすればすぐに刃こぼれし、また折れてしまうものだが、曲がりなりにも打ち合えているのはこの剣があるからだ。

けれど、それでも長い間、放置しておいたという事実は否めない。

「どうしたんだ、イザーク！　あの頃の肉食獣のような剣捌《さば》きを貴方《あなた》は忘れてしまったか!?　それで、この私に勝てるとでも思っているのか!!」

そう言いながら何度となく斬撃を加えてくるシュミニに防戦一方になる。

彼の剣は、一体どれほどの血を吸って来たのか。

彼と袂を分かって、長い年月が経《た》っている。

その期間に積み重ねられた差が、今、ここで現れてきている……。

激しい戦いからも、私は離れてしまった。

もちろん、魔物相手にたまに暴れたりはしてきた。

けれど、せいぜいがその程度。

私のここ最近の主な仕事は、ラトゥール家の執事としての業務全般で、その中に対人戦闘は含まれてはいない。

端的に言って、勘が鈍った。

そういうことだろう。

しかしだ。

それでも、私はやらなければならない。

この街のために、ひいては、あの方のために、だ。

そう思って私は、剣を握る手に力を入れる。

すると、剣の握り手部分から、棘《とげ》のようなものが突き出て来た。

そして私の手を抉《えぐ》り、血を噴き出させる。

けれど、私の血がだらだらと屋根の上に零《こぼ》れ落ちることはない。

そうならないのは、剣が私の血を吸っているからだ。

《血武器《サン・アルム》》、吸血武具とも言われるこれは、持ち主や犠牲者の血を吸ってその力を発揮する呪いの武具に近い品だ。

私はかなり長い間、これに血など吸わせることがなかったから、久々の感触に眉をひそめる。

どくどくと、血の流れる感覚がし、またかなりの勢いで剣に吸われている感触もある。

腹が減っていたらしい。

何年も餌を与えられなかったのだから、そうなるのは分からないでもない。

それから、私の剣は徐々に形を変えていく。

銀色の細い刀身を芯として、横に赤い刃を広げていくのだ。

つまりは、細剣ではなく、大剣へと。

それを見たシュミニは私から距離をとる。

なぜなら、これが私の本来の戦い方だと知っているからだ。

彼と私は、お互いを良く知っている。

武器も、戦い方も、考え方も、好きなものも、嫌いなものも、全てだ。

だからこそ、今のお互いの在り様が許せない。

なぜそうなってしまったのかと、どうして自分のことを理解してくれないのかと、押しつけがましい感情が心の中に湧きだすのを抑えられない。

……多分、悪いのは、私の方だ。

変わったのは私で、彼の方は何も変わっていない。

昔のままだ。

だから、本当はここですんなり殺されてやるべきなのかもしれない、とも思う。

けど、それはどうしても出来ない相談なのだ。

「……さぁ、行くぞ、シュミニ」

私はそう言って、殆《ほとん》ど私の身長と同じくらいの大きさになった大剣を両手で持ち、構える。

シュミニは笑って、

「それでこそ、君だよ。イザーク。その調子で思い出してくれ。共に戦っていた時のことを」

もうすでに思い出している。

湧いてくる闘争心、肉を前にした犬のような気持ち、理不尽に対する憎しみ。

あれは、遠ざかっていたようで、実際は心の底に沈んで澱《おり》のようになっているだけだと気づく。

けれど、それをもう一度掬《すく》い取ろうとは思わない。

沈んだままにして、永遠にそこに置いておく。

そう、決めているのだ。

私は剣を振りかぶり、シュミニに向かって加速する。

シュミニもそんな私を見て、剣を改めて構えた。

振り下ろした大剣はシュミニを垂直に襲うが、しかしそれをシュミニは受け流すことで避ける。

そうなることは予想していたため、即座に回転するように動いて縦の斬撃を横からのそれへと変えた。

けれどこれもまた、シュミニが持つ剣によって防がれてしまう。

ただ、質量の差で、シュミニは少し吹き飛んだので、それを私は追った。

手加減など一切することなく、剣を叩《たた》き込みに行くために。

しかし、そんなシュミニに向かって、地上から矢と魔術が放たれる。

大した威力ではないため、シュミニは剣を振って吹き飛ばしたが、

「……やはり、邪魔ですね」

と言って、再度魔術を放とうとしたので、私はそんなシュミニに横合いから斬撃を加えて吹き飛ばす。

「また、邪魔を……」

そんな文句を呟かれるが、私は言う。

「冒険者は次々とやってくる。邪魔されたくないというのなら、場所を移そう」

否、と言われたらそのときは無理にでも摑《つか》んで引っ張っていこうかと思った。

けれど、シュミニは地上の冒険者たちを一瞥し、その背後からさらに冒険者の一団が走ってきていることを確認して、仕方なさそうに首を縦に振り、

「……いいでしょう」

そう言った。

彼としては、羽虫のように冒険者にうろつかれてたまにちょろちょろ魔術や弓矢を向けられるの

は遠慮したい、ということだろう。
昔から、美味なものは誰の邪魔もされないところで味わいたい、というタイプだった。
邪魔されると烈火のごとく怒ったものだ。
懐かしい……などと、思ってはいけないのだろう。
私は彼に言う。
「こっちだ。ついてこい」
そこが、お前の墓場だ、と言いたいところだったが、私の墓場になる可能性もある。
気を引き締めなければ、と思った。

第三章　吸血鬼《ヴァンパイア》と銀髪の男

吸血鬼《ヴァンパイア》が飛んでいった、とウルフが言っていた方向に走っていくと、途中、何かを探し回っている冒険者たちの集団に出会った。

屍鬼《しき》を探しているのか、と思って彼らの声に耳を澄ますと、

「吸血鬼《ヴァンパイア》はどこに逃げたんだ!?　さっきまで、銀髪の凄腕《すごうで》と戦ってたってのに、二人とも消えちまったぞ！」

「知るかよ。転移魔術でも使ったんじゃねぇか？　吸血鬼《ヴァンパイア》は上位のものになるとすげぇ魔術を使えるっていうし……」

そんな会話をしている。

やはり、こっちの方に吸血鬼《ヴァンパイア》が来ていたというのは間違いないようだ。

しかし、彼らは完全に見失ってしまっているみたいだが……。

けれど転移魔術、というのは流石《さすが》に混乱してあり得ない可能性を言っているだけなのだろう。

探しても見つからないから、怒鳴り合っているだけだ。

ともかく、それでも何か手がかりはないかと俺は彼らに近づいて話しかける。

「おい！」

「お前は……あぁ、最近マルト冒険者組合《ギルド》に来た変な奴《やつ》か。腕は確かだって話だが……」

今は仮面を顔全部覆っている形にしているため、レント・ヴィヴィエだと捉えた冒険者がそう言った。

しかし、俺のことはそんな風に言われているのか。

まぁ、確かに見た目からして変な奴なのは否めない……。

ただ、今はそれは置いておき、尋ねる。

「今ちょっと耳にしたが、この辺りに吸血鬼《ヴァンパイア》がいたんだろう？　どこに行ったのか全然分からないのか？」

すると、話しかけた中年冒険者は苦々しい表情で頷《うなず》き、

「……ああ。実は、吸血鬼《ヴァンパイア》の野郎はあの辺の屋根の上にいて、凄腕の銀髪の兄ちゃんと戦ってたんだが、二人揃《そろ》ってどっかに消えちまってよ。どこにいったのか……」

それはさっき別の冒険者も言っていたな。

しかし、凄腕の銀髪？

一体誰なのか……ニヴは灰色の髪だから違うし、ミュリアスは銀髪だが女だしな。いや、ニヴも女だけど。

……と、それより大事なのは吸血鬼《ヴァンパイア》の行先である。

消えたって、どこに消えたのか……。

そう思っていると、どこかから轟音《ごうおん》が聞こえた。

どっちだ、ときょろきょろしていると、肩からエーデルが飛び降りて、どこかに向かって走り出す。

「場所が分かるのか？」

と尋ねると、

「ヂュッ！」

と返答があったので、ロレーヌと顔を見合わせ追いかけることにする。

そんな俺たちを今の今まで話していた中年冒険者が不思議そうに見たので、場所が分かった、と言うべきか迷ったが、俺の体のことを考えると人目は少ない方がいい。

それに、そこにいた冒険者たちは大体がベテランではあっても、銅級がほとんどだ。

屍鬼《しき》相手ならともかく、上位の吸血鬼《ヴァンパイア》が相手となると、いささか厳しい。

俺も基本的な技量については似たようなものだが、無限とは言わないまでも、かなり死ににくい体なのだ。

ロレーヌも銀級であるし、いざというときは俺が人間盾になればいいので問題ない。

とはいえ、もちろんどこまでやれるか不安ではあったが……。

やるしかないだろう。

覚悟を決めて、俺たちは走る。

◆◇◆◇◆

エーデルの案内で辿《たど》り着いたのは、マルトの地下だった。

おそらくは、古い下水道だろうが……。

「……こんな場所があったとは、今の今まで気づかなかったぞ」

ロレーヌが走りながらそんなことを言う。

俺だって同じだ。

入り口は古い民家のタイルの下に隠されていたが、他にも入り口はあるのだろう。

マルトも辺境とは言え、それなりに歴史ある街ではあるものの、それにしても不思議だ。

王都の近くにあるのはまだ分かるんだが、マルトは田舎都市だぞ……？

とはいえ、あるものはあったで仕方がないというか、なんであるのかは考えても分からないのでとにかく進む。

すると、狭く薄暗い道が唐突に開けて、大きな広間に出た。

天井が高い半球状の部屋で、壁際にはいくつも像が飾られている。

その中で四体の女性像が東西南北から広間の中心を見つめている感じだ。

それが一体誰の像なのかは分からないが……ともかく、その中心には、細剣を持ちながらも倒れている男を踏みつけにしている、剣を持ったローブ姿の男がいた。

「……おや？　お客人ですか。ここからがいいところなのに、水を差すのはやめてくださいよ……」

言いながら、そのローブ姿の男は剣を持っていない方の手をこちらに掲げた。

その手には魔力の集中が感じられ、口元は何か呪文を唱えるようにぶつぶつ言っている。

俺たちに魔術を放つつもりだ、とすぐに理解した俺とロレーヌがその場から散開すると、直後、男の手から放たれた炎の火球が俺たちが今まで立っていた場所を焦がす。

「……むっ!?」

かなり短い詠唱で放たれた魔術だったので、避けられるとは思わなかったのか驚いた顔をした男。

ロレーヌがそんな男に向かって、今度は反対に魔術を放つ。

氷の槍《やり》が男に向かって七本、殺到した。

男はそれを慌てて避けると、倒れている男からは距離をとって離れる。

それを見た俺は、ローブ姿の男を警戒しつつも、倒れた男のところに近づき、助け起こした。

おそらくは、先ほど冒険者が言っていた、凄腕、という人物だと思って。

すると、顔が見えて……。

「……イザーク!?」

その銀髪とすっとした冷たい顔立ちに、俺は見覚えがあることに気づいた。

イザーク・ハルト、つまりはタラスクの沼で出会った、ラトゥール家の使用人である。

どうしてこんなところにいるのかその理由は全く分からないが、彼なら確かに凄腕と言われるのは納得だ。

普通の人間には難しいタラスクの沼を、まるで散歩でもするように軽装で歩いていたのだから。

「……レントさん」

イザークは意識はあるようで、俺の顔を見てそう呟《つぶや》いた。

傷は……ないな。

この状況で、それは少し不自然な気がするが……。

「レント！」

そう思った瞬間、ロレーヌが叫ぶ。

なぜなのかは分かっている。

ローブ姿の男が近づいてきているからだ。

ロレーヌが魔術でけん制してくれていたが、流石に限界がある。

イザークもロレーヌの言葉に気づいて、

「話は後にしましょう！」

そう言って落ちていた細剣を即座に拾い、立ち上がってその場から飛んだ。

俺も即座にその場を離れると、直前まで迫っていた男の剣が地面を削った。

三対一の格好になった俺たちは、中心にローブ姿の男を囲むような陣形になる。

「……全く、今日はとことん邪魔が入るようですね……」

男は苦々しそうにそう言うが、イザークが、

「お前が街に余計なことをするからこうなったんだろう、シュミニ」

と言った。

シュミニ……というのは吸血鬼《ヴァンパイア》たちの親玉と思《おぼ》しき人物の名前であったはずだ。

俺は、男に言う。

「お前が……この騒ぎの黒幕ってわけか」

「友人との語らいに人間風情が口を挟まないでいただきたいのですが……この街の住人のようですし、一応説明くらいはしておいてあげましょうか。そうですとも。私が今回この街を地獄に陥れた元凶、吸血鬼《ヴァンパイア》のシュミニ・エッセル。偉大なる《王》に仕える《反逆騎士》の一人」

……色々と突っ込みどころのある発言だ。

俺はそもそも人間じゃないんだけどなぁ、とまず思ったが、それを言うと色々ややこしくなりそうなのでとりあえずそこは置いておく。

魔物だよ！

と言って、なんだ、じゃあ仲間じゃないですか！　とは言いそうもない人物だ。

そこまでフレンドリーなキャラじゃない以上、言っても仕方ないだろう。

しかし、偉大なる《王》に《反逆騎士》と来たか。

……意味分からんぞ。

でも突っ込むと怒りそうで何を言ったらいいのか……。

どこに地雷が転がってるか分からない奴と話すのは面倒くさいのだ。

そう思って色々と考えていると、イザークがその面倒な役割を買って出てくれた。

「つまり、シュミニ、お前を滅ぼせば屍鬼《しき》たちはもう増えない、というわけだな」

「……まぁ、そうなるかな。しかし私にも部下たちがいる。だから彼らが……」

シュミニが俺に対するよりも砕けた口調でイザークにそう言った。

けれど、

「《新月の迷宮》にいた奴らか？　そいつらなら、もう全員滅ぼしたぞ」

俺が口を挟むと、穏やかかつ冷静そうに話していたシュミニの額に血管が浮かんだ。

……しまった、早速地雷を踏んだか。

というか、吸血鬼《ヴァンパイア》にも血管って浮かぶんだな。

まぁ、心臓は動いているのかどうか微妙だが、血は流れているのは確かだ。

俺だって切られれば血は流れる。

すぐに再生するけど。

だから、血管が浮かぶのは……まぁ、理屈としてはそんなにおかしくはない。

「……彼らを、殺したのですか……」

不死者《アンデッド》を滅することを《殺す》と解釈するかどうかはその人の宗教観や道徳観によって異なるが、吸血鬼《ヴァンパイア》側からするとそういう解釈になるようだ。

まぁ、俺も存在を滅せられたら、殺された——！　と思うだろうしな。

分からんでもない。

だが、人間からすれば……。

「人に仇《あだ》なす不死者《アンデッド》を滅ぼすことを、殺す、とは言わない。浄化したんだよ」

言いながら空々しい気持ちになるが、人からすれば当然とも言える価値観だ。

俺は魔物だからな……もし自分がそう言われたら、なにをと思うだろうが、まぁ、人に危害を加えた場合って限定してるからセーフじゃないか？

僕はいい吸血鬼《ヴァンパイア》だよ。うん。

……無茶な話か。

そんな俺の内心など分からないシュミニは、ぎりぎりと歯を軋《きし》ませて、俺を睨《にら》み、

「勝手なことを……貴様らがそうだから、我々は……我々吸血鬼《ヴァンパイア》は……!!」

と、恐ろしい形相を向けてくる。

口調の丁寧さも抜けてしまっているほどの怒りに震えて。

怖い、が、俺が自分で蒔《ま》いた種だから仕方がない。

そんなシュミニにイザークは、

「……シュミニ。お前は、まだ夢を見ているのか？　吸血鬼《ヴァンパイア》だけの世界を作ると。そんなことが本当に出来ると思っているのか？」

と尋ねる。

シュミニの部下たちは国を作る、と言っていたが、本当はもっと大きな目的を持っていたらしい。

吸血鬼《ヴァンパイア》だけの世界を作る。

それはつまり、この世界の大半を支配している種族である人族《ヒューマン》を滅ぼす、というつもりなのだろう。

吸血鬼《ヴァンパイア》を目の敵にしているのは主に人族《ヒューマン》だ。

エルフやドワーフなどは人間に含まれはするが、亜人として扱われるし、他の種族に対して差別的意識は希薄だと言われる。

また、エルフとドワーフは仲があまり良くないとは聞くが、差別というより気性の問題らしいからちょっと違うかな。

イザークの言葉に、シュミニは答える。

「……夢ではないよ、イザーク。目途が立ったと言っただろうに。あの頃夢だった何もかもは、今や手の届くところにある……。私はただ、この喜びを君と分け合いたいだけなんだ」

「何度も言うようだが、私にはそのつもりはない。この街から、出ていけ。そうすれば追いはしない」

……追わないのか。

というか、話を聞いているとこの二人は仲がいいのだろう。

昔からの知り合いっぽい。

イザークも吸血鬼《ヴァンパイア》？

確かにそんな疑いを持ったことも実はあるのだが……イザークからは吸血鬼《ヴァンパイア》の気配を感じない。

前に会った時からそうだった。

シュミニからはガンガン感じるのにな。

何か特別な隠蔽方法があるのか、それとも全然別の理由で二人は知り合いなのか……。

分からないな。

ただ、イザークがシュミニと敵対していて、マルトを守るつもりなのは間違いなさそうだ。

それならそれでいい。

俺は他人を種族ではなく立場で見るのだ。

自分がそうしてほしいからな。

ただ、仮にシュミニがここでマルトを出ても、イザークや俺が追わなかったとして、ニヴが地獄の底まで追いかけるだろうが……そこは言わないでおこう。

言わなくても、色々対策していた時点でシュミニも分かっているだろうしな。

そして案の定、シュミニは、

「……これだけやって、そんなことを今更するはずがないだろう？　ともかく……もう、言葉は交わすだけ無意味なようだ。それならば、仕方がない。私も、イザーク。君のことは諦めよう。出来ることなら、君には後のことを頼みたかった……」

「……？　一体何を言って……」

首を傾《かし》げるイザークだったが、シュミニは胸元から突然、真っ黒なナイフを取り出して、掲げた。

柄《つか》から刃まで、全てが黒く染まったナイフで、何か強い気配を感じる品だ。

その刃を俺たちの方ではなく、自分の方に向けて、

「不足分は、我が身を贄《にえ》に捧《ささ》げることで補おう！　イザーク、さらばだ！」

そう叫んで、ナイフを胸元に突き立てた。

ナイフを刺した瞬間、シュミニの体にぴしり、と罅《ひび》が入り始めた。

その罅は彼の体中に徐々に広がっていき、彼の青白い肌をタイル状に分割していく。

さらにその罅から青白い光が漏れ始めて……。

「……シュミニ」

イザークがぽつり、と呟くが、それどころではない。

ロレーヌが、

「レント！　これは……まずいんじゃないか!?　逃げた方が……」

……確かに、なんか爆発しそうな雰囲気が凄《すご》い。

もしそうなった場合どの程度の規模なのかがまるで想像がつかない。

とりあえず、何か知ってそうなイザークに、

「イザーク！　これはなんだ!?」

と尋ねてみるが、彼は、

「……分かりません。ともかく、この場は去った方がいいかもしれません。行きましょう」

と言って広間の出口の方に走り出した。

そして、俺たちが広間から出たと同時に、爆発音のような音が聞こえ、広間へ続く通路から強い風が吹き、吹き飛ばされる。

熱くは……ないな。

爆弾みたいなものとは違うようだが、しかし、なんだかものすごく気持ち悪くなるような風だ。

夏場に生暖かい風を浴びたような気分というか……。

ただ、気分が悪いだけで体に特に不調はない。

「……やっぱり、自爆かなんかだったのか？」

ぽつり、と俺がつぶやくと、イザークが首を横に振った。

「昔の話になりますが、シュミニはそういうタイプではありませんでした。目的のためなら犠牲を厭《いと》わないところはありましたが……敵を倒すために自爆、というのはあまりにも短絡的すぎて彼らしくないと思います。何か目的があって、そのためにああいった行為に出たのではないかと……」

「そういや、贄がどうとか言ってたな……」

俺の言葉に、ロレーヌが、

「贄か。何かを召喚する儀式とかか？　ではあの広間に強力な魔物とか、そういうものが出現していると……？」

と推測を述べる。

その可能性はありそうだ。

見に行ってみようか、と思って三人で顔を見合わせる。

それから、

「……危険かもしれませんが……確認は必要でしょう」

というイザークの一言によって見に行くことに決まった。

イザークはそれ以上にシュミニがどうなったか気になっているというのもあっただろうが、ここで何も確認せずに帰るという訳にもいかない。

冒険者組合《ギルド》なりなんなりに先に報告に行く、という選択もあったが、それにしても流石にシュミニがどうなったかくらいは見ておかなければならないだろう。

警戒しながら、逃げて来た道を戻る。

そして、広間の直前まで辿り着いたので、広間の中を覗《のぞ》くと、その中心には何か巨大なものが居座っていた。

「……あれは、なんでしょう？　竜……のように見えますが……」

「それにしては不格好だ。ワニが直立したような感じだな」

イザークの言葉に続いて、ロレーヌがそう評する。

俺としては、どちらかというとロレーヌの発言の方が的を射ている気がする。

大きさはワニなんかとはケタ違いで、十メートル近いが。

体型も大きく異なり、体全体が筋肉とボコボコとした皮膚で覆われてとにかく怪力を持ってそうだ。

間違っても戦いたくはない雰囲気だが……。

そう思ってさらに観察を続けていると、

「……あれは、人の顔か？」

俺がその物体の腹部辺りを示しながらそう言うと、イザークとロレーヌがそこに注目する。

イザークはそれを確認して、

「……間違いないですね。シュミニです……」

と無念そうに言った。

巨大ワニ型魔物の腹部はその大半が緑色の皮膚で覆われているようだが、その一部分が不自然に盛り上がっている。

それをよくよく観察してみると、人の顔のようになっているのだ。

そして、それはどう見ても先ほどまで俺たちと相対していた人物――シュミニに他ならなかった。

取り込まれたのだろうか？

それとも、あの魔物自身がシュミニ？

どういうことなのか分からないが……。

ともかく、これからどうするか決めなければならない。

一番重要な選択は……あの魔物を倒すか、とりあえず報告に戻るかだが……。

俺とロレーヌとしては一旦戻った方がいい、ということで一致している。

なぜかと言えば、それほど実力に自信がないというのと、もしこのメンバーであれに挑んで死んでしまった場合、街の人々はこれにしばらく気づかない可能性があるからだ。

最近それなりに腕には自信が出てきている俺だが、絶対に倒せる、などと思えるほど自惚《うぬぼ》れてはいない。

なんだかんだ言って、しょせんはまだ銅級だ。

ロレーヌだって銀級ではあるが、頻繁に依頼を受けている訳でもないため、戦闘勘はそこまででもない。

使える魔術は豊富だし強力なのだけどな。

反対にイザークは今すぐにでも飛び掛かっていきたそうだった。

それは、あの魔物の腹に浮き出たシュミニをどうにかしたいから、なのだろう。

先ほどまで敵対していたとはいえ、昔からの知り合いなのだ。

助けたい、なのか、自分の手で引導を渡してやりたい、なのかについては、おそらく後者に近い気持ちだろうが、どちらもないまぜになったような感覚であろうことは想像に難くない。

ただ、心の中ではそう思っていても、イザークも今、何が一番重要なのかは理解しているようだった。

彼は魔物をちらりと一瞥《いちべつ》してから首をゆるゆると振って、

「……私の我儘《わがまま》でマルトをこれ以上危険に晒《さら》す訳にはいきません。一旦、戻りましょう。倒したいのであれば、報告を終えた後にまた来ればいいだけの事です」

と言った。

その言葉に俺とロレーヌも頷き、広間の魔物にばれないようにゆっくりと通路を下がっていったのだった。

◆◇◆◇◆

奇妙なことが起こったのは、出口に向かってしばらく進んだ時のことだった。

「……ギギッ！」

というある意味聞きなれた声を俺の耳が捉えたのだ。

イザークもそれを聞いたようで、俺の目を見る。

「……レントさん、聞きましたね？」

「ああ……」

少し遠かったから流石に普通の人間の耳のロレーヌには聞き取れなかったようで、

「何か音が鳴ったのか？」

と尋ねてきたが、その直後、俺たちの会話の意味をロレーヌも理解する。

少し進むと、通路の角から、びゅん、と矢が飛んできたのだ。

ロレーヌは基本的にずっと魔術の盾を張っているし、俺は俺で剣で叩《たた》き落とす準備もしていたが、その矢はイザークの手によってばしりと掴《つか》まれた。

それを確認したのか、角から、

「ギギッ！」

とまた声がし、そしてその主が現れる。

「……ゴブリン。なぜ、ここに……」

ロレーヌの不思議そうな声が響いた。

ゴブリン程度、どこにでもいる魔物であって、別に出くわしたところでそれほど驚くような相手ではないではないか、という意見もあるだろう。

確かにそれは概《おおむ》ね正しい。

しかしあくまでそれは、街の外で出遭った場合や、人間と交流を持っている平和的なゴブリンである場合に限られる。

基本的に、人間の街というのは魔物の侵入を拒んでいる。

小鼠《プチ・スリ》のような極端に矮小《わいしょう》な魔物ならすり抜けて入ってきてしまうが、ゴブリンくらいの、個体で人間の成人男性を害することが可能なほどの魔物となると、侵入を拒まれるのだ。

専門の魔術師などが、呪具などと同様に、侵入した場合にそれと分かるような結界を形成し、そして侵入が判明した場合には即座に討伐の指令が出て、冒険者なり騎士なりが退治できるまで捜索する。

そんな状況であるがゆえに、マルトの地下であってもこんな風にゴブリンが現れるのはおかしいのだ。

当然、放置しておく訳にもいかないため、俺たちは現れたゴブリンを倒す。

三匹ほどいたが、俺とロレーヌ、それにイザークというメンバーで、ゴブリン程度に苦戦する訳もなく、簡単に倒すことが出来た。

もちろん、油断なくしっかりとセオリー通りに戦い、倒した。

ゴブリンはあれで連携に長《た》けた魔物であるため、一匹ずつ数を削っていく方がいいと言われているのでそうしたのだ。

もちろん、このメンバーなら別々に一体ずつ相手してもよかったが、こんなイレギュラーな現れ方をしたのだ。

何かおかしな力を持っていないとも限らない。

そう思ってのことだった。

結果として、何の特殊能力も持っていない普通のゴブリンだったようだが……。

「……何だったんだ？　どうしてゴブリンが地下とは言え、マルトの中にいた……？」

ロレーヌが疑問を繰り返すが、その答えは誰も持ってはいない。

ただ、推測するに……。

「さっきのシュミニの行動に関係あるのかもしれないな。とりあえず、地下を出て街の状況を確認した方が良さそうだ」

俺がそう言うと、他の二人も同感のようで、地下の出口に急ぐ。

◆◇◆◇◆

「……これは……!?」

地上への出口を出て、地下へ向かう穴のあった家屋から外に出ると、そこでは冒険者たちが街中にいる魔物と戦っている様子が目に入った。

種類は……色々だ。

ゴブリンもいればスライムもいるし、骨人《スケルトン》もいるようだった。

しかし、あまり強力な魔物は見当たらない。

皆危なげなく相手をして、倒していっているようなので、いずれも加勢などは必要なさそうだが……。

「何が起こっている……？」

ロレーヌも街の状況に困惑しているようである。

イザークはそんな中、

「とりあえず誰かに聞いてみましょう……」

そう言いながら、少し先でゴブリンと戦っている男のもとへ行き、ゴブリンを一撃で切り捨ててから、尋ねた。

「この状況は一体どういうことなのですか？」

男は急に現れたイザークに若干面食らっているようだが、それでも答えた。

「いや……俺にも良くは分からねぇが、さっき突然、魔物が現れ出したんだ！　それで、冒険者総動員で倒して回ってるんだよ！」

「突然……？　何の前触れもなく、ですか？」

「あぁ。あんたらも加わってくれ。屍鬼《しき》もたまに出るから気をつけろよ！」

そう言って男は次の魔物を倒しに走り去っていく。

「……聞きましたか？」

イザークがそう言ったので、俺たちは頷いた。

「あぁ。だけど、なんでこんなことになってるのか理由は分からなかったな……冒険者組合《ギルド》に行けば分かるか？」

「さぁな……しかし、地下でのことは報告しに行かなければなるまい。あれが原因の可能性が高そうだし、な」

ロレーヌがそう言ったので、俺たちはそのまま急いで冒険者組合《ギルド》に向かう。

◆◇◆◇◆

冒険者組合《ギルド》の中は全員が忙しそうに動き回っていた。

職員も総出で働いている。

そこら中に怪我人《けがにん》が転がっていて、その怪我人たちも治癒術師に治癒をかけられてすぐに冒険者組合《ギルド》を出ていく、なんていう地獄のルーティーンを繰り返しているようだった。

致命傷を負っているような者はかなり少ないようなのがせめてもの救いか。

そんな中、自らもかなりの怪我を負いながらも指示を飛ばしているウルフの姿が目に入ったので俺たちは近づく。

「……レント！　お前、また何かやったのか!?」

俺を見ると同時にそんなことを言ってくるあたり、色々とあれだな。

だが気持ちは分かる。

俺が吸血鬼《ヴァンパイア》シュミニを追いかけて行った後、しばらくして街がこんな状態になっているのだから、何か俺がやったのかもと考えるのは自然だ。

実際、原因を目の前で見たかもしれないのだから更に反論できない。

ともあれ、俺たちはウルフにシュミニのことについて、説明する。

周囲に人の目があるので色々とぼやかしたところはあったが、概ねウルフは理解し、聞き終わってから頷いた。

「……何が起こってるのかはまだよく分からないが、おそらくそいつが原因だろうな。退治するしかなさそうだが……」

そこで期待したような目を俺たちに向ける。

はっきりと行けと言わないのは、色々と酷使している気持ちがあるからかもしれないな。

ただ、今のこの状況で酷使されていない冒険者などいない。

この冒険者組合《ギルド》の中を見れば一目瞭然だ。

ウルフ本人だって大怪我を負いながらも応急処置だけで頑張っているような状況である。

これで断れる訳がないし、断るつもりも別にない。

イザークだって行きたそうだしな。

ただ、彼は冒険者組合《ギルド》の組合員ではないが……別に一緒に行ってはいけないと規則で決まっている訳でもない。

今話した内容で、彼が十分戦力になることは分かっただろう。

それに加えて、マルト冒険者組合《ギルド》のお得意様のようだからな。

文句などウルフも付ける気はないだろう。

「わかった。行くよ。イザークも一緒でいいよな」

一応確認を入れてみるが、ウルフは、

「ああ。それはさっきの報告を聞いてるから、十分な力があることは分かってる。行くこと自体は構わん。ただ、報酬の問題があるが……」

これについてイザークは、

「報酬は必要ありません」

とはっきりと言った。

それは、この事態に自分の知り合いが思い切り関係しているという後ろめたさと、そもそも金銭的に不自由していないという理由があるからだろう。

ただ、ウルフはそういった事情とは関係なく言う。

「いや、そういう訳にはいかねぇ。命を張った奴にはそれに見合う対価が必要だ。臨時の組合員として扱うから、後で報酬は渡す。計算は落ち着いてからで勘弁してくれ。じゃあ、行って来い！」

俺たちは頷いて、再度街に戻る。

◆◇◆◇◆

「……ギィィィ！」

街の中を走っていると次々と出遭う魔物。

彼らを切り捨てながら、俺たちは進む。

それにしても不思議なのは、一体どこから湧き出してくるのかだ。

それはロレーヌも不思議なようで、

「……それほど強くない魔物とはいえ、一体どうやってこれほどの魔物を……延々と召喚しているのか？　いや……それにしては広範囲に過ぎる……」

などとぶつぶつと言っている。

しかし、その答えは、街中を逃げ惑う人々の集団を見たときに明らかになった。

この状況である。

街を逃げ回る人々は少なくない数いて、マルトから逃げ出そうと、もしくは自宅よりも安全な場所に行こうと走り回っている。

そんな人々の一団の一つから、唐突に悲鳴が聞こえたのだ。

「……なんです!?」

とイザークが反応し、続けて俺とロレーヌもそちらを見ると、

「……まさか。そうか……そういうこと、か」

ロレーヌがそう呟いた。

俺もうめき声のような声で、

「……なんてことだ」

そんな言葉を自然と漏らさずにはいられなかった。

俺たちが目にした光景。

それは、マルトの住人の一人が、魔物に変化していく様子そのものだった。

◆◇◆◇◆

「……くそっ」

結局、放っておく訳にもいかず、魔物になったマルト住人のことは俺が切り捨てた。

その場にいた人々には何とも言えない目を向けられた。

別に、なんてことをするのか、みたいな非難の視線ではなかったが、怯《おび》えや恐怖と言った感情に

塗りたくられていたのは分かった。

その目が伝えることは『わたしたちが魔物になったら、あんたたちはためらわずに切るのか』であった。

色々な意味で冗談ではない話だ。

俺だって、なりたくもない魔物になってしまった人間だ。

出来ることなら仮に魔物になろうがなんだろうが切りたくはない。

けれど、今回魔物に変化した奴は、隣にいた妊婦に襲い掛かろうとしていたのだ。

体だけでなく、心まで魔物になっていることが分かってしまった以上、切り捨てずにはいられなかった……。

逃げるようにその場から去り、またシュミニのいる地下、そこへの入り口に向かってひた走る。

無言だ。

何とも言えない空気である。

「レント。すまない、私がやればよかった……」

後悔するようにぽつりとロレーヌがそう言うが、それは違う。

別にロレーヌが悪い訳でもなんでもない。

俺が一番早く反応した。

ただそれだけだ。

距離も近かったしな。

ロレーヌは衝撃に一瞬だが固まってしまっていたが、それも人間として極めて普通の反応だろう。

……俺は固まりもしなかった。

やはりなんだかんだ言いながら、所詮は俺は魔物なのかな、と思いちょっと落ち込みかけたが、

「レントさん。貴方《あなた》は立派な冒険者です。一人の女性と、これから生まれ来る子供の未来を守った。そうでしょう？」

とイザークが恐ろしいほどの正論を言う。

確かに、そうだ。

俺が何もしなければ、その二人はもうこの世にはいなかったかもしれない。

けれど、そのことよりも俺は人だったものを手にかけたことに意識が行くのだ……。

良くないな。

俺は頭を振って、イザークに同意する。

「そうだな……。すまない」

「いえ……」

妙な空気になったが、こんな感じでシュミニのもとに辿り着くのは色々と問題だろう。

気を取り直していかなければならない。

無理に、というほどでもないが気持ちを切り替えて、前を向くことにし、地下への入り口へと急

いだ。

◆◇◆◇◆
「……あれは……？」

そうロレーヌが声を上げたのは、地下への入り口がある民家、その前に人が立っているのが見えたからだ。

魔物や屍鬼《しき》ではない。

黒いドレスを身に纏《まと》った、変わった雰囲気を醸す少女。

「……ラウラ様」

イザークがそう、呟いた。

そう、そこにいたのはラトゥール家の主《あるじ》である、ラウラ・ラトゥールだった。

なぜ彼女がここに？

今のマルトは非常に危険で、歴史があるだろう名家の年端もいかぬ少女が歩き回っていていいような状況ではない。

そう思う反面、しかし彼女なら……と思うところがないではない。

イザークの主なのだ。

イザークが一体何者なのかについて、もうほとんど確信に至っているわけだが、そんな彼の主なのだからラウラも……と考えるのは何もおかしな連想という訳ではないだろう。

彼女はそもそも色々な意味でそういう妖しさを纏っているのだから。

とはいえ、今、詰問しなければならないことでもない。

それよりも聞くべきはなぜ、ここにいるのか、ということだろう。

「……ラウラ、どうしてここに？」

素直にそう尋ねる。

言葉遣いはもう以前から遜《へりくだ》ってないし、今更だからな。

普通に喋《しゃべ》る。

すると彼女は、

「状況の説明のために参りました。皆さんに、今、マルトがどんな状態なのかを認識してもらうために」

説明？

そんなものは後でもいい。

それよりも、シュミニだったあの魔物を倒すのが先決では……。

そう思ったが、ラウラは、

「正確な認識がなくては、この状況は解決できません。その意味は……すぐに分かります。とにかく皆さん、こちらに手を」

そう言って彼女は手を差し出した。

イザークは迷わずその手に自分の手を乗せたが、俺とロレーヌは少し逡巡《しゅんじゅん》する。

しかし、別に断らなければならないというものでもない。

時間もない以上、さっさとした方が良いのは間違いなく、俺もロレーヌもイザークと同じように
ラウラの手の上に自分の手を乗せた。

「視点をお借りしますので、少し変な感じがするかもしれませんが、体はここにあり続けますので
ご心配なさらずに。では……」

そう言ったラウラの体から不思議なオーラが発せられた。

魔力でも気でも聖気でもない……強いて言うなら……いや。

そんなことを考えていると、いきなり、ぱっと視界に映るものが変化する。

突然、空が近くなった。

遥《はる》か遠くに山々の稜線《りょうせん》が見え、また森や平原も見える。

そしてきょろきょろとした視界が下に向かうと、そこには都市マルトの全景があった。

「これは……」

思わず言った自分の声はしっかりと聞こえた。

なんだか変な感じがする。

「お判《わか》りでしょう。これは、空にいる鳥の視点を借りています。レントさん、貴方があの鼠《ねずみ》さんの視点を借りているのと同じように……」

ラウラの声もしっかりと自分の耳で聞いている感覚がした。

さきほど言った通り、体は相変わらずあの民家の前にあるということだろう。

いや、そんなことよりも、だ。

彼女の発言には看過できないところがある。

第四章　説明と解決

「……なぜそれを知っているんだ？」

ラウラが言った台詞《せりふ》は、もしかしたらただのブラフだったのかもしれない。

だとすれば、こう尋ねること自体、間違いなのだろうが、エーデルのことはまぁ、ばれても構わないだろう。

同じことが出来るラウラが尋ねているのだから。

しかも、他人にもそれを共有させることが出来るという、俺よりもずっと高度なことがだ。

これを理由に責めたてられる謂《いわ》れはない。

そもそも、ラウラにそんなつもりがあるなら俺はマルトでまともに生活できていないだろうしな。

かなり良くしてくれているから忘れがちだが、彼女はマルトにおいては領主に近い権力者だ。

そんな彼女が真面目に俺のことをどうこうしようとしたら、俺にはもうマルトを出る以外に抗《あらが》う術《すべ》はない。

だから大丈夫だろう、という楽観的な気持ちもあった。

俺の言葉にラウラは、

「……その説明には時間がかかりますので、全て片付いた後に」

と言った。

さらに続けて、

「それよりも、ご覧ください。遥《はる》か下にマルトの全景が見えるでしょうが……気づくことがありませんか？」

ここで食い下がるという選択肢もないではなかったが、今は時間がないというのも事実だ。あとで説明してくれる気があるというのならとりあえず置いておくことにした。

それから、ラウラの言葉に従い、マルトの全景を眺めてみると、

「……これは、魔法陣、か……？」

マルトの地面の一部が淡く光っている。

それらをつなぎ合わせると、ちょうど、巨大な魔法陣が形成されているように見えたのだ。

俺の言葉にラウラは、

「その通りです。あれは、とても古い魔法陣です。現代のそれとは大きく規模も効力も異なるもの。まさかまだ覚えている者がいるとは思いませんでしたが……」

「魔法陣……今、ここで起きているのは、大規模な魔術によるものだということか？　しかしこれほどの規模の魔術には多大なる対価が……」

ロレーヌの声も聞こえてくる。

なんだか視界の中に人がいないのにその人の声が普通に近くにいるように聞こえると変な感じが

凄《すご》い。

慣れないと……。

ラウラがロレーヌの言葉に答える。

「その通りです。その対価は……皆さんご存じでしょう。屍鬼《しき》となった人々、そしてその犠牲者の血、さらにそれでも足りなかった分は……」

「……シュミニが自身で補った、という訳ですね……」

イザークの無念そうな声が聞こえる。

ラウラは続ける。

「実際にはそれに加えて魔石や魔道具の類も色々と使ったと思われます。それだけこの魔術は発動させるのが難しいもの。しかし、彼はやりきった。やりきってしまった……」

善悪を全く考えないのなら偉大な行いであると言えるだろう。

しかし、街の人々が魔物になっていくなどという魔術を、許せる訳がない。

「だが……こんなことをして、シュミニに一体何の得があるんだ？　あいつはマルトを滅ぼしたかったのか……？」

「そういう訳ではなかったでしょう。この魔術の効果は、簡単に言いますと、《迷宮》を生成する、というものですから。おそらく彼は《迷宮》の主《あるじ》になりたかったのでしょうね……」

ラウラがそう言った。

「《迷宮》の生成だと!? そんなことが魔術で出来るのか? そもそも《迷宮》とは……魔術で作られるものなのか……?」

ロレーヌが驚きの声を上げたので、ラウラは言う。

「《迷宮》にも色々な種類がありますが、今回生成されようとしているこれは、魔術によって作り出されるタイプのものです。実際にあるのですから、出来る、という他ありませんね……」

「……けれど、だとしたらなぜ住人が魔物に……? 迷宮の魔物は、自然発生とか召喚とかで現れるんじゃなかったのか?」

俺の質問にラウラは、

「完成された《迷宮》であれば、その通りです。ですが、先ほども言いましたが、この魔術には多大なるコストがかかります。おそらく、シュミニは自らで払いうる全てを支払ったのでしょうが、それでもまだ足りなかった、ということです。しかし、魔術は発動はした。足りない分を、迷宮は周囲から勝手に取り込もうとしている……いえ、それすらもシュミニは勘定に入れて、魔術を発動させたのでしょう……見てください」

そう言って、ラウラは鳥の視点を動かす。

鳥が下に向かって降りようとしたが、バチリ、と雷のようなものが走って、降下出来ずに終わる。

さらに、マルトの周囲を飛び回り、マルトの中に入ろうとするが、どの方向から、また、どの高度からマルトに向かおうとしても、やはり透明な壁のようなものに弾《はじ》かれてしまう。

「これは……」

俺が声を出すと、ラウラは言う。

「《迷宮》の魔術が、内部からも外部からも人の出入りを制限しているのです。魔術が完成を迎えるまで、何者も中に入ることが出来ないし、外に出ることも出来ません……」

鳥の視点はマルトの周囲を飛び回る。

……マルトの中に入ろうと大声を上げ、透明な壁を叩《たた》いたり体当たりしている人々が目に入った。

その中には見覚えのある顔もいる。

「せっかく戻って来たというのに、こんな壁が……！　レントさん！　今行きますよ！　吸血鬼《ヴァンパイア》残しておいてください！」

そんなことを叫んでいる。

知り合いの金級冒険者に似ている気がするが……まぁ、気のせいだろう。

いや、冗談だが、ニヴですら破れないという訳か。

恐ろしいな。

「どうすればいいんだ……？　シュミニだったあの魔物を倒せば、魔術は失敗に終わるんじゃないのか？」

魔術の基本だ。

術者が魔力を安定させられなければ、そこで魔術は失敗する。

魔術が発動しなかったり、暴発したり、別の魔術が放たれてしまったりなど、失敗の仕方は色々だが、とにかく失敗する。

けれどラウラは、

「この魔術は発動した時点でもはや独立して成立します。ですから、仮に術者が死亡しても、そのまま完成まで走り続けるでしょう」

それは、もう打つ手がないということではないか？

マルトはこのまま終わるのか？

そう思った。

しかしラウラは、

「……ただ、方法がない訳ではありません。《迷宮》には《迷宮核》とか《コア》とか呼ばれる中心点があるのです。それを……」

「壊せばいいのか？」

続きを予測して言ったが、ラウラは、

「……焦らないでください。壊してはダメです。そうではなく、支配する必要があります。その上で、迷宮のこれ以上の成長を止めるのです。そうすれば、この状況は沈静化するでしょう」

「支配するって……支配出来るものなのか？」

《迷宮核》、そんなものがあること自体初耳なのに、それを支配すると言われても……方法がそもそも全く分からない。

そう思って尋ねた俺にラウラは言う。

「可能です。現在《迷宮核》を支配するものを滅ぼした上で、《迷宮核》に触れることによって迷宮所有者の書き換えが行われるのです。ですから……」

「……今《迷宮核》を支配しているものというと……シュミニだということになるのか？」

ロレーヌが続きを推測してそう尋ねると、ラウラは頷《うなず》いた。

「おそらくは。そもそも迷宮化の魔術を使ったのは彼ですから、その主を自分にしない訳がありません」

確かにそうだろう。

そのために色々暗躍して頑張ったのだろうからな。

その結果があんな化け物への変化、というところに少し疑問を感じなくもないが……もともとイザークに託すつもりだったようなことも言っていたし、そうなるとおかしくはないのかな？

その辺りは微妙である。

とりあえずは置いておくしかない。

そうそう、今、ふと思いついたことがあったので、ラウラに尋ねてみる。

「……もしその辺の小鼠《プチ・スリ》とかを主にしていたらどうなるんだ？」

シュミニがとても酔狂な性格をしていて、ペットの小鼠《プチ・スリ》に主の座を譲りたいとか考えていた可能性もゼロではない。

……ゼロか。

冗談はともかくとして、あえて《迷宮核》の主を分かりにくいものにして迷宮を他の誰かに支配されることを避ける、というのはありうるのではないか、と思ったのだ。

これにラウラは、

「そもそも《迷宮核》を支配するのにはそれなりの格が必要なのです。具体的にどの程度かと言われると迷宮の規模にもよるのですが……今回のものは比較的規模が大きいので、普通の人間では厳しいでしょう。シュミニ自身が主になるしかない、と思います。同格の存在がいるのならまた話は別ですが、イザークに頼ろうとしていた時点でそういった者はいない、と考えられます。それと、非常に規模が小さく小鼠《プチ・スリ》でも支配できるような迷宮だったとして、シュミニがそうしていた場合でも問題はありません。その小鼠《プチ・スリ》を倒して、所有者の書き換えをする、という方法が簡単なことは変わりありませんが、その小鼠《プチ・スリ》よりも大きな力を持つものが《迷宮核》に触れて、所有者の登録を塗りつぶし、書き換えることも可能ですから。ただ、これはかなり隔絶した力量の差がないと厳しいですし、色々と問題が後で出る可能性もあるので……シュミニが主である場合にはいささか難しいです」

そう答えた。

色々細かいところはあるが、要はあんまり心配しなくてもシュミニさえ倒してしまえばなんとかなる、というところだろう。

当初と目的は変わらない。

ただ、何も知らないでいたら、シュミニを倒して、なんだ、何も解決していないじゃないかとおろおろしていた可能性は低くない。

聞いといてよかった……。

まぁ、ともかく……。

「これでやることははっきりしたな。じゃあ、シュミニのところに行くか」

そう俺が言うと、イザークとロレーヌが頷く。

さらにラウラも、

「わたくしも参ります。足手まといにはなりませんので、どうか」

と言って来た。

しかしそんなことを言っても彼女はドレス姿でとてもではないが戦える感じには見えない。

見えないが……彼女は色々と知りすぎている。

普通の人間の知ることの出来る情報を遥かに超越して色々と知っているのだ。

しかも、イザークの主でもある……。

本人の言う通り、足手まといには絶対にならないのだろうな、と思わせる凄《すご》みすら今は感じる。

普段の穏やかで育ちの良さそうなお嬢様のような雰囲気はあえての擬態だったという訳だ。

そんな俺の予想を肯定するようにイザークは言う。

「……私よりも主人の方が遥《はる》かに強いです」

……文句ないな。

イザークより強いってそれはつまり、俺より全然強いってことだ。

なんだかなぁ……ロレーヌも強いしニヴも強いし、マルトでは女性の方が強くないといけないという決まりでもあるのだろうか？

冒険者としてちょっと寂しくなってくるが、事実は事実として受け入れなければならない。

ちなみにマルトには、女性には逆らうなという類の諺《ことわざ》がちょっと思いつくだけでも十個以上あるので、もしかしたらこれはマルトの伝統なのかもしれなかった。

「じゃあ、一緒に行くとしよう。ロレーヌも構わないか？」

「ああ。男だけのむさくるしいパーティーよりかはずっといいだろうからな」

ロレーヌは肩をすくめつつ冗談交じりにそう言った。

そこまでむさくるしくはなかったはずだ。

イザークは涼しげなイケメンだし俺は……俺はむさくるしいというよりも怪しげな男という方が正しいが。

まぁ、あくまで冗談だからあれだけど。

「ありがとうございます。皆さん。では、よろしくお願いしますね」

ラウラがそう言ってお嬢様らしいカーテシーを見せる。

可愛《かわい》らしいし優雅だが、これで俺やイザークより全然強いとなると……人は見かけによらないな。

武器も持っていないが……聞くのも野暮なんだろう。

細かいことは後で聞くことにして、とりあえず、一つだけ必要なことを尋ねておく。

「……ちなみにだが《迷宮核》ってのはどんな形なんだ？」

それが分からないと支配も破壊もない。

破壊してはダメだけれども。

ラウラはそうだった、という表情で、

「色々ありますが、主に黒い球形の物体であることが多いですね。珍しいものだとそうではないこともありますが……先ほどの魔法陣を見る限り、そう特殊なものではありませんから、心配はいらないでしょう。少なくとも、わたくしは見ればわかりますので」

そう言った。

黒い球体……。

それなら間違ってぶっ壊すということもなさそうだ。

最近、この体になった影響なのか妙に破壊衝動が強いというか、ヒャッハーな気分になりやすいところがあるからな、俺は。

そういう衝動をぶつける相手は、シュミニだけにしておこう。

そう思いつつ、皆に言う。

「じゃあ、行くとしようか」

全員がその言葉に頷いて、民家の中に入っていく。

入り口は、その床下にあるからだ。

なんだか締まらない感じはするが……これぱっかりは仕方がない。

◆◇◆◇◆

「……おいおい、何だこれは」

マルトの民家から地下に降りると、そこは以前とは様相がかなり変わっていて、俺たちは驚く。

先ほど通った時はあくまでもただの石造りの地下道、といった雰囲気だった。

石材をしっかりと積み上げて形成した、丈夫な構造物で、長い年月は経《た》っているが時の経過に負けないで今の時代まで残り続けている。

そんな雰囲気の場所だった。

しかし今はどうだ。

直線的だったはずの道は、不自然に曲がりくねり、地面にも大きな起伏が出来ている。

また無機質な素材であるのはそこまで変わっていないが、奇妙なことにそうであるにもかかわらず、時折生き物のように蠕動《ぜんどう》しているように見えた。

パイプのように太い血管状のものが浮かんでいる部分もあり、近づいてみると脈動しているのが分かる。

「……時間が、あまりないようです」

ラウラがそう言った。

「これが……迷宮化の魔術なのか？」

進みながらロレーヌがそう尋ねると、ラウラは頷く。

「ええ。こちらは迷宮を生き物として捉えたアプローチの魔術になりますね……。放っておけば広がり続けるシンプルにしてかなり危険なタイプで……おっと、魔物も……強くなってきていますか」

ラウラがそう言って視線を前に向けると、角から魔物が飛び出してきた。

現れたのはゴブリンやスライムなどではなく、鉄製の武具を身に付けた蜥蜴人《リザードマン》が三体である。

極端に強い魔物という訳ではないが、通常《ノーマル》ゴブリンなんかと比べるとかなり異なり、それなりに強敵だ。

少なくとも《新月の迷宮》だと第四階層から先でなければ出現しない。

とはいえ、このメンバーにとってそれがどれほどの脅威かと言われると……。

誰が言わずとも、全員が即座に戦闘態勢に移る。

とりあえず俺とイザークが先に突っ込み、剣を振るって二体の蜥蜴人《リザードマン》の盾を切り上げる。

そこに隙間が出来たことを確認したロレーヌが石の槍《やり》を複数打ち込み、致命傷を負わせた。

ここまでは普段通りだが、最後に残った一番奥の一体については、ラウラがやった。

彼女が蜥蜴人《リザードマン》に向かって掌《てのひら》を掲げると、突然、蜥蜴人《リザードマン》の腹部辺りに黒い空間が開き、そしてそこに向かって蜥蜴人《リザードマン》が圧縮されていく。

バキバキと骨が折れるような音、身に付けている金属製の武具がひしゃげるような音が鳴り響き、そしてカラン、と音を立てて地面に小さく丸まった蜥蜴人《リザードマン》だったものが落ちた。

「……行きましょう」

……なんだあれは。

強いて言うなら俺の聖魔気融合術に近い現象だが、俺は全力をかけてたった一度出来るかどうかだ。

しかし彼女はほとんど片手間にやりきったように見えた。

イザークが強い、というだけある。

本当なら突っ込んで色々聞きたいのだが、全ては後で、と言われているのだ。

時間もないし、とにかく進むしかなく、俺たちはそのまま走った。

◆◇◆◇◆

「……なんとか、辿《たど》り着きましたか」

俺たちがシュミニと相対した部屋の直前についた時、ラウラがそう言った。

「まぁ、大体の位置は覚えていたし、道は曲がりくねってはいたけど、道順も概《おおむ》ね同じだったからな」

「そのようですね。迷宮化の魔術は時間が経てば経つほど内部構造が変化してしまうものですから、あまり間を空けずに来られたことが功を奏したんだと思います。では、中に入ろうと思いますが……みなさん、覚悟はいいですね？」

ラウラがそう尋ねた。

シュミニと相対した部屋は、場所こそはおそらく変わっていないようだが、魔術の効果が進んでいるのか、その部屋の前には扉が出来ていた。

一般的な迷宮で見るような、階層主の部屋の扉のようなものだ。

異なるところは、そういうものとは違ってかなり装飾が細かく派手であるということだろうか。

中にいるのがこの迷宮を支配している存在だから、ということかな。

俺たちはそのことも考えながら、ラウラに頷く。

「ああ。ここまで来たらやるしかないからな……」

俺がそう言うと、続けてロレーヌも、

「迷宮の支配者、迷宮核、そんなものを間近で見られる機会などまず、ないからな。楽しみなくらいだよ」

そう言う。

最後にイザークが、

「……私の手で、出来れば引導を渡してやりたい相手です。とはいえ、最後の一撃に拘《こだわ》ったりは致しませんので、その辺りはお気遣い無用ですよ」

と言った。

譲った方がいいのかな、とか少し思っていたのでそう言ってもらえると気が楽になるというか、戦いやすくなるな。

冒険者でも色々な理由で最後の一撃を譲る場合がある。

もちろん、命の方が大事だからどうしようもない場合はそういうことは無理だが、出来る限りは、という場合があるのだ。

階層主を倒したときに出現することがある宝の所有権の問題とか、今回のような因縁のある相手である場合とか、色々な。

「では、行きましょうか」

ラウラがそう言って、扉に手をかける。

俺たちは武器を握り、その向こう側に続いているだろう光景を想像して息を深く吸った。

◆◇◆◇◆

「一回り大きくなっているな……」

ロレーヌがそう言った。

確かにそこにはシュミニだった巨大な魔物がいるが、その大きさは俺たちがここを去った時よりも一回り大きくなっている。

全長十メートルくらいだったのに、今は十一、二メートルはありそうだ。

横幅も広がっている。

変わってないのは腹に浮き出ているシュミニの顔くらいだ。

「……グラァァァァァァ！！！」

と、観察もそこそこにして俺たちが一歩部屋に足を踏み入れると同時に、そいつは俺たちに反応し叫び声を上げる。

耳をつんざくような巨大な音にビリビリと部屋それ自体が震えた。

どう見ても、もう人間的な理性は感じられない。

魔物そのもので、人型の存在を攻撃する時に感じるような躊躇《ためら》いは一切持つ必要がなさそうだ。

……まぁ、ゴブリンとか相手でも全然躊躇わないけどな。

躊躇うのは、街の方で見たような、人が魔物に変わってしまった瞬間を前にした時だけだ。

長く冒険者をやってればそんなものである。

シュミニだったその直立ワニ型魔物は、その巨体からは想像も出来ないくらいの速度で俺たちに向かって来て、大きく口を開ける。

「皆さん！　散開です！」

と、ラウラが言うが早いか、全員で部屋の端の方に散らばる。

言わずとも固まらずに別々の方向へと散ったのは、狙いを逸《そ》らすべきだと皆が同時に判断したからだ。

戦いが、始まる。

◆◇◆◇◆

最初の一撃は、イザークのものだった。

彼は、この都市マルトの地下に造られた広大な空間全てを崩壊させてしまいそうなほどの叫び声を上げる魔物に向かって、全く恐れることなく走り出した。

いや、恐れはあったのかもしれない。

ただしそれは、人間よりも遥かに大きく、固く、そして強い力を持つ存在に対して感じるそれではなく、ただかつての知人――友人かもしれない――を、自らの手で滅ぼさなければならないことに対する悲しみの入り混じったものだっただろう。

今となってはなぜ、シュミニが自らの命というたった一つしかないカードを切って迷宮を作り上げ、その主の座に収まらなければならなかったのかは調べようがないが、イザークにはその理由がわずかながらに分かっているのかもしれない。

その上で、シュミニの行為について、そんなことする必要はなかったと思いながら剣を握っている。

愚かな行為を責めるように、そしてそこに至るまでに制止することが出来なかった自分の至らなさを想《おも》いつつ。

そんな感じがする。

……考えすぎかな。

ともかく、そんなイザークの踏み込みは力強く、かつ速かった。

相手が滅多に見ないような巨体であることもあって、その動きは余計に素早く見える。

とはいえ、相手も決して巨体に振り回されて動きが緩慢、ということもない。

むしろ、あれだけの大きさなのにもかかわらず、その反応は比較的俊敏で、油断するとその口に咥《くわ》えられかねないほどだ。

また、尻尾も長くしなやかで、俺たちに叩きつけようと不規則に暴れまわっている。

近づくのも厳しい、そんな状況なのだが、イザークはその尻尾の叩きつけを絶妙なタイミングで避け、徐々にワニ型魔物との距離を詰めていく。

そして剣の届く距離に辿り着いた時点で、手に持った血の色を宿す大剣を振るった。

「……ギィィィィ!!」

と、イザークから切り付けられた瞬間に、ワニ型魔物は耳障りな鳴き声を上げる。

そしてイザークの方を向き、その巨大な口をぱかりと開いた。

「……ッ!?」

イザークが驚いてその場から跳び、距離をとると次の瞬間、ワニ型魔物の大きく開いた口からカッ！　と直線的な光が発せられ、地面を灼《や》いた。

火炎というよりかは光線に近く、命中したところはどろどろと溶けるように直線を描いている。

命中すれば穴が開くな。

……まぁ穴が開いても俺は死なないだろうが、流石《さすが》に頭に当たるとヤバいだろう。

しかし、連発は出来ないのか、ワニ型魔物は口を閉じ、今度はその巨体で押しつぶそうとしてか、イザークを狙って突進し始めた。

ぎろりとした目が血走ってイザークを睨《にら》みつけている。

生前の……というとおかしいか。

人だった時の記憶とかが影響しているのかな？

なんだかイザークに執着しているような感じがある。

だとすれば、イザークには申し訳ないが行動が予測しやすくて楽だ。

同じことを考えたのか、ロレーヌが強力だが詠唱に少し時間がかかるタイプの魔術を練り上げ始めた。

となれば、俺がすべきことは足止めだろうな。

そう思って、俺はワニ型魔物の方へと走る。

振り回されている尻尾が邪魔だが、やはりイザークに注意がいっているせいかその動きは緩慢で雑だ。

近くまで行くのにそれほどの苦労もなく、俺は剣に魔力を込めて振るった。

ワニ型魔物の皮膚は固く、手ごたえは結構厳しいものを伝えているが、それでも全く通らない訳ではないようだ。

俺の剣はしっかりとその皮膚を切り裂き、皮膚の奥にある肉にも入っていく感触があった。

ただし、それほど深くは入っていないが、まぁ、初撃である。

こんなところだろう、という感じだ。

もう一撃いくか、それとも距離をとるか、少し迷ったが、自らの体を切られたことに気づいたのか、ワニ型魔物は俺に向かってその巨大な頭を打ち付けるべく、下げてきたので、俺は一度その場から下がり、頭突きを避ける。

それからその頭の上に飛び上がり、今度は脳天に向けて剣を振り下ろした。

さっきとは違って、ずぷり、と剣が入っていく感触がしたのは、剣に込める魔力量を上げたからだ。

結構な消費だが、まず斬撃が通らなければ意味がないから仕方がない。

それに、結果に結びついているのだから良しとしよう。

しかし、頭を突き刺したのだしこれで倒せたりなんかするんじゃないかな？

と一瞬考えたが気のせいだった。

「グルググアガウガアア！！！」

と、鳴き声なのか叫び声なのか威嚇なのかよくわからない声を出して、ワニ型魔物はその巨体を震わせた。

頭に乗っかっている俺を振り落とそうとしていることはよくわかったので、お望み通り降りてやることにする。

幸い、ちょうどその背中は垂直よりかは傾斜の非常にきつい坂寄りだったので、その背中を滑り降りる。

それから少し距離をとると、ちょうどロレーヌの詠唱が終わったようで、その手に持つ短杖《ワンド》の先から雷を纏《まと》う竜巻が放たれる。

雷　嵐《バラック・セアラー》と呼ばれる上級魔術であり、その破壊力はゴブリンの集団であれば百匹いても灰燼《かいじん》に帰すと言われるほどである。

ロレーヌが使える魔術の中でもかなり強力な方であり、いかに巨大な魔物とはいえ、無傷とはいかないはずだ。

実際、雷嵐《バラック・セアラー》はワニ型魔物を包み込むと、その体を切り裂き、その体内にまで雷を叩き込んでいく。

時間にすれば十数秒だが、その間に肉が焼けこげる匂いが広間に充満した。

中々にえげつない魔術であるが、しかしあれくらいやらなければ倒せなそうなのも事実である。

そして、ワニ型魔物を包む雷嵐《バラック・セアラー》がふっとその効果時間を過ぎて消滅すると、そこには焼けこげた皮膚の下を晒《さら》す巨大な肉塊があった。

倒したかな……？

と、ちょっとだけ思ったが、

「まだです！」

とラウラが叫んだ瞬間、ワニ型魔物の体が再生し始める。

皮膚がまるで時間が逆に戻っていくかのように回復していき、そして最後には元通りになってしまった。

「まぁ、そう簡単にはいかないよな」

俺がそう呟《つぶや》くと、いつの間にやら隣に来ていたイザークが言う。

「しかし、全くダメージを受けていないという訳でもないようですよ」

彼の指さす方向を見てみると、再生しきれずに焦げたままになっている部分が目立たない位置だが存在しているのが見えた。

「頑張れば行けそうだな」

「ええ」

そして、俺たちはもう一度、ワニ型魔物に向かって襲い掛かる。

◆◇◆◇◆

ダメージを受けたからなのか、それとも他に理由があるのか。

シュミニだったその魔物は、直立体勢を止《や》め、地面に四足をつけた。

ワニを巨大化したような形をしているため、むしろその方が様になるというか、はっきり言ってまんまワニになったような感じだ。

それでもデカいだけのワニなんて楽勝……とか思っていると足を掬《すく》われることになるのは間違いないので、俺は気を引き締める。

十年という長い経験から来る当然の注意だった……他の三人は言うまでもなく油断などしていないが。

それから、その魔物は動き出す。

直立していた時の動きも決して遅くはなかったが、やはりその体はどちらかというと直立よりかは今の体勢の方が向いているようである。

地面を滑るように動き、回転し、その尻尾を叩きつけてくる速度は先ほどよりもずっと速い。

ではなんだってさっきまで直立してたんだ、と聞きたくなるが、それはあのシュミニだった魔物にしか分からない話であろう。

聞いても答えてくれなそうだしな。

ともあれ、速度を上げた魔物に切り付けようとするが、俺もイザークもうまくいかない。

器用に斬撃を避けるのだ。

それこそ転がったりして……イライラするな。

そう思っていると、

「……少し離れてください！」

と、ラウラの声が響き、そして言われた通りに俺とイザークが距離をとった瞬間、魔物のすぐ上に、真っ黒い球体が出現した。

それは、迷宮になりかけている通路を進んでいたとき、蜥蜴人《リザードマン》相手にラウラが行使したそれと同じだった。

しかし、効果は違っているようで、魔物を中心点に向かって圧縮したりはしない。

出来ないのかしないのかは分からない。

ただ、それが出現した瞬間、魔物は地面に縫い付けられたように動かなくなった。

バキバキという音も聞こえ、地面に少しめり込んでいるように見えることから、下に思い切り押し付けられているのだろう。

今が攻撃のチャンスに思え、俺とイザークは顔を見合わせて魔物に駆けだしていく。

そして俺とイザークが直前に達すると同時に、ラウラは黒い球体を解く。

おそらくだが、あれは範囲にあるものすべてを地面に押し付けてしまうタイプの魔術なのだろう。

だから俺とイザークがその効果範囲に入る前に、解除したのだ。

しかし、これだけ近づけば斬撃を外したりはしない。

俺もイザークも、魔物に向かって剣を振るい、そしてそれは先ほどまでとは異なり、しっかりと命中する。

特にイザークの斬撃は魔物の目を一つ潰し、魔物はその痛みに叫び、転がる。

巨体がゴロゴロと転がることによって、広間は大きく揺れた。

まぁ、それでもすぐに再生してしまうのだろうが、攻撃の手を休めることなく押し切ればダメージを増やせるだろう、そう思って転がる魔物にさらに駆け寄った俺とイザークだったが、そこで一瞬、魔物の回転が止まる。

ちょうど俺たちに腹を向けた格好だ。

そして、よく観察してみると、腹に浮き出ていたシュミニの顔、先ほどまで目をつぶっていたそれの瞳がカッ、と開いており、睨みつけるようにこちらを見ていた。

さらにその口元を見ると、何かを唱えるように動いている。

すべては聞き取れなかったが、最後の一言だけははっきりと俺とイザークの耳に届いた。

「……《爆炎獄《ヘルズ・フレイム》》」

その瞬間、地面に巨大な魔法陣が浮かび上がった。

広間全体を覆う巨大なもので、その効果範囲を考えるとまずいことに気づく。

俺や他の二人はともかく、ロレーヌが……。

そう思って彼女の方に向かおうとしたが、見ると、こちらを見つめて微笑《ほほえ》んでいる。

あの表情は、問題ない、という意味だと分かる。

まぁ、魔術は彼女の本領であるし、その発動や対応については俺が心配するまでもない、ということか。

つまり俺は自分のことを心配すべきだ。

といっても……どこに行っても同じなのだからどうしようもないのだが。

とりあえず、自分の体の周りに魔術による盾《シールド》を作った上で、気を練り上げて身体強化をしておく。

これで、まぁ、死にはしないだろう、と思ったその瞬間、魔法陣から光が上がって、巨大な轟音《ごうおん》と共に辺りは灼熱《しやくねつ》の炎に包まれた。

辺りが白とわずかながらの朱色に染まり、俺が作った即席の盾を破壊していく。

全ての盾が焼き尽くされたのち、俺の体が直接焼かれるが、気のお陰でそれほどでもなかった。

修行しておいてよかったな……それでも顔が熱いし痛いが、盾を張っていたお陰でその時間はかなり短く終わった。

周囲に色が戻り、炎が消えた後、自分の体を確認してみると、ローブの外に露出していた部分はひどい火傷《やけど》である。

ローブは一切燃えてないのがすごい。そして火傷の方はほんの数十秒で全て治ってしまった。

周りの状態は酷《ひど》く、広間全体が焼け焦げていた。

にもかかわらず、ラウラは無傷でその場にいたし、ローレーヌも特に問題なさそうだ。

イザークは見事に焼死体になっていたが、見る見る間に再生していく。

自分の傷が再生するのは何度か見ているが、改めて客観的に他人がそれをしているのを見ると結構グロいなと思う。

そして気づいた時には元通りのイケメンがそこに立っていた。

服も全部燃えたはずなのに、いつの間にか身に付けている。

どうやったんだ……？

と思うが今大事なのはそれではないだろう。

魔物は……と思って見てみると、そいつは天井に張り付いてこちらを見つめていた。

深く息をしていて、今の攻撃でそれなりに消耗したらしい。

……よかった。

流石に連発されたら俺は持たないからな。

ラウラとロレーヌは平気そうだが、イザークも一々焼死体になっていては厳しいだろう。

そろそろ、決める時が来たのではないか、と思った。

といっても再生し続けることにはいかんともしがたいのだが、攻めるだけ攻めていてもいいだろう。

それでダメならそのとき考えればいい。

あの魔物の手札は大体分かったし、底も見えたからな。

ちょっと賭けに出てもなんとかなるだろう。

……楽観的過ぎかな？

まぁ、延々と戦い続けている方がリスクが高いのだ。

それくらいやってみてもいいだろう。

そう思って、俺は駆け出す。

後ろからロレーヌが呪文を唱える声がし、天井の魔物に向かって雷の魔術を放って、そこから落とした。

……ここからだ。

もちろん、延々と再生し続ける相手に打つ手など、あまり考えつかない。

しかし、シュミニだった魔物を見る限り、その体力も再生能力も無限ではないのは明らかだ。吸血鬼《ヴァンパイア》の再生能力だって決して無限ではなかったし、あの魔物の再生能力がシュミニ由来だと考えたら、やはり永遠に再生できる訳でもないだろう。

しかも、一度ぼこぼこにしたときによく確認してみれば再生しきれていなかった部分もあったのだから、吸血鬼《ヴァンパイア》たちの再生能力よりも一段下がるものである可能性が高い。

だから、最も単純かつ分かりやすい方法、ひたすら攻撃、という戦法をまずとってみることにした。

俺とイザークは、剣を振りかぶって魔物のところへと向かう。

頭部と尻尾に分かれたのは、狙いを一つ所に絞らせないため、というのと、正直イザークの大剣は一緒に横で戦うと動きが制限されるというのがあったからだ。

どちらがどちらを、というのも一応問題だったが、イザークは素早く頭部の方を選択した。

あちらの方が明らかに危険なのだが、力量を考えるとまぁ、妥当な選択だろう。

俺はおそらくこの中で一番弱いからな……。

強くなったという実感が少しとはいえ湧き始めているというのに、パーティーを組むと最弱とはこれいかに。

とちょっと思わなくもないが、比べる相手が悪いだろう。

普通のパーティーを組めば、まぁ、そこそこ、悪くはないねくらいの実力にはなっている。

……なっているはずだ。

俺の落ち込みの話はいいか。

ともかく、イザークは魔物の頭部に向かって武器を叩き込み、俺はその尻尾辺りから下半身にかけてを切り刻む。

先ほどよりもずっと命中率が高いのは、魔物の動きが非常に鈍くなっているからだ。

まだしっかりと体が再生しているとはいえ、何らかのエネルギーは当然消費している、ということだろう。

そのために高速の動きが維持できなくなっているのだと思われた。

とはいえ、それでも尻尾が叩きつけられると厳しい。

今のところうまく避けられてはいるが、命中すれば吹き飛ぶな……。

「……レント、それにイザーク殿！」

ロレーヌの声が響く。

詠唱が終わったのだろう。

後ろから魔術の気配を感じた俺とイザークは、そこからいったん離れる。

すると、細かい氷の槍が数十本飛んでいき、シュミニだった魔物を襲う。

しかも、それはただ突き刺さるだけではなく、刺さった部分からその周囲を凍りつかせていき、最後には魔物を氷の中に閉じ込めてしまった。

そうして動きを完全に封じたところで、今度はラウラが走り込み、魔物の背中あたりの上へと登った。

それから下に向けて手をかざすと、そこから黒い球体が射出され、魔物の体内へと入り込んでいく。

通路で見た蜥蜴人《リザードマン》のように潰れるのか、と思って見ていたが、起こった現象はその反対だった。

ボンッ、というくぐもった爆発音と共に、魔物を囲んでいた氷が割れ、さらに魔物の体が吹き飛ぶ。

跡形もない、とはこのことのような吹き飛びようで、バラバラになった魔物の破片がそこら中に散らばった。

流石にここから再生するのは無理なのではないだろうか……。

そう思ったが、見ればずるずると破片は地面を擦って進み、一箇所に集まろうとしている。

その速度は極めて遅く、即座に再生、という風にはいかないだろうが、放っておけば合体して再度、再生してしまいそうな気がした。

「……肉片を、燃やしましょう」

ラウラがそう言ったので、俺たちは大きな破片にまず近づき、灰になるまで燃やしていくことにした。

その中でも特に大きな肉片に近づいたとき、イザークが苦しそうな顔をする。

彼の前のある肉片、それはあの魔物の腹にくっついていた、シュミニの顔であった。

驚くべきことにまだ息があるのか、独立しているのか、その瞳をイザークに向けている。

目の色は……憎しみに染まっている、という訳ではなく、親しい友人を見るような光を宿していた。

「……シュミニ。お前は、どこで間違えた……？」

イザークが尋ねるも、シュミニだったものは何も答えない。

ただ微笑んでイザークを見ている。

言葉を発することがもう出来ないのか、それとも何か会話する気にはもう、ならないということなのか。

それはシュミニにしか分からない。

ただ、イザークはここで自分が何をすべきなのかということをしっかりと理解していた。

彼のような貴公子然とした青年が持つにはいささか無骨に過ぎる血色の大剣を掲げる。

そして、

「……さらばだ」

そう一言言って、シュミニだったものを両断した。

それは一言たりとも悲鳴も恨み言も発せずに、切られた部分から灰になって消えていく。

さらに、そこが魔物の中心部だったのか、他の肉片も又、同様に少しずつ灰になっていった。

燃やす手間が省けたようだが、イザークの顔色は明るくない。

色々と思うところがあるのだろう。

俺はそれについて、どうこう言える立場にはないので、ただ何も言わずに黙っていた。

少しして、心の整理がついたらしく、イザークが口を開く。

「……シュミニだったものは倒しました。《迷宮核》を探すべきなのでは……」

その言葉が向けられた相手はもちろん、ラウラである。

ラウラは特にイザークのしたことに触れることなく。頷いて言った。

「ええ。おそらくは近くにあるはずです。奥に進みましょう」

この広間から続く通路で、奥に進めるものは一つしかない。

だからその先に《迷宮核》があるはずだ。

そう予測するのはおそらくは正しいだろう。

俺たちは先に進んだ。

◆◇◆◇◆

「ここ、のようですね」

奇妙な圧力を感じる青い扉の前で、ラウラがそう言った。

シュミニがいたあの広間に続く扉とは異なり、巨大なものではないが、前に立つと何か妙な力を感じる。

これが《迷宮核》の存在感というものなのかもしれない。

「皆さん、いいですか？　開けますよ」

そう言いながら、頷いた俺たちを確認したラウラは、その扉に手をかけた。

思った以上に簡単に扉は開き……そして、その先にあるものを俺たちは見た。

「……これは、予想外でしたね」

ラウラが困ったようにそう呟いた。

そこにあったのは、ラウラが《迷宮核》とはこういうものだ、と言っていた黒い球体と、それを左手に埋め込まれた形で浮いている、リナ・ルパージュの姿だった。

◆◇◆◇◆

「……なんでリナがここに」

俺が思わずそう漏らすと、ラウラがリナに固定していた視線を俺に向けて尋ねる。

「お知り合いですか？」

俺は頷いて、

「ああ、迷宮でよくしてもらった新人冒険者だ……リナがいなければ、俺は街に入ることすら出来なかった……」

実際、彼女がすんなり俺の存在を受け止めて、かつ前向きなことを色々と言ってくれなければ俺は折れていた可能性がある。

なんだか接しているとこっちが楽しくなってくるというか、楽観的になれる少女なのだ。

冒険者としての腕だって、まだ新人ではあったが、剣術の方はしっかりとしたものだったし、これからという時だった。

それなのに、なぜこんなところにいる。

というか……。

「これは一体、どうなってるんだ？　手にくっついてるその黒い球体が、いわゆる《迷宮核》なんだろう？」

大事なのはそこだ。

そして、リナは大丈夫なのかどうかだ。

これにラウラは少し悩んだ顔をして答える。

「……ええ。それが《迷宮核》というのは間違いありません。ただ、厳密に言いますと……彼女、リナさんとその球体で、《迷宮核》として機能している、ということになるでしょう」

「おい、そうなると……リナはどうなるんだ？　助けられるのか？」

言い募る俺に、ラウラは言う。

「……その前に、調べなければならないことが……リナさんは、今、人間かどうかを」

その言葉に、俺たちははっとする。

そうだ、リナはシュミニに誘拐されたことは状況から見て明らかだ。

いつ、どういうタイミングで、という点については詳しくは分からないが……リナとパーティーを組んでるはずのライズとローラたちが特に言及していなかったからな。

大方、二人がいなくなったリナを探そうとして捕まったとか、その辺りなのだろう。

そして、シュミニは上位の吸血鬼《ヴァンパイア》……。

厳密にどうなっているのかは俺には分からないが、リナを《迷宮核》としているということは、リナに指示を聞かせる必要があるのではないか？

そうだとすると、リナを《眷属《けんぞく》》にしてしまうのが一番手っ取り早いのではないか？

そうなるのが論理的にも正しいだろう。

俺たちがその考えに至るのを待って、ラウラがさらに続けた。

「……そうなっていれば、そこから解決しなければなりませんから、少し手間です。ただ、ご心配なさらずに。たとえどうなっていても、わたくしなら、リナさんをリナさんとして助けることは可能ですから」

それは、かなり安心できる台詞だった。

彼女が何者なのかは分からない。

分からないが……出来ると言えば出来る、そういう人であることはここまでのことで分かっているからだ。

ラウラはリナに近づき、触れる。

するとリナは身じろぎするように体を動かす。

空中に浮いているため、妙な動きだが……。

当然、ラウラの手からは逃れられず、その腕を摑《つか》まれる。

そして、その腕の一部を、ラウラはその爪でもって軽く切った。

血が流れ、それを見るラウラの瞳が一瞬、赤く染まる。

しかし、

「……おっと」

そう呟いた瞬間、元の空のような青に戻り、リナの切り傷を注視した。

そして数秒経ち、リナの切り傷はすっと消えていく。

俺やイザークに比べると速度は遅いが、確実に人ならざる者が持つ、異常な再生能力の発露であることは疑いがなかった。

人間はたとえ切り傷程度であっても、あんなに素早くは治らない。

「……やはり。リナさんは眷属にされてしまっていますね……」

「……リナは、屍鬼《しき》になった、ってことか？」

吸血鬼《ヴァンパイア》が作る眷属と言えば、それだ。

そこから、存在進化を経て下級吸血鬼《レッサーヴァンパイア》へと進化するとされており、いきなり下級吸血鬼《レッサーヴァンパイア》を作ることは出来ない、とされている。

しかしラウラは俺の質問に首を横に振って、

「いえ、リナさんは屍鬼《しき》ではなく下級吸血鬼《レッサーヴァンパイア》になっているようです。体に欠損は見られませんし、擬態に過ぎませんが、疑似的な血流もありますから」

その言葉にロレーヌが反応する。

「しかし、吸血鬼《ヴァンパイア》は直接下級吸血鬼《レッサーヴァンパイア》を作り出すことは出来ないのでは……？　少なくともそう言われていますが……」

魔物の研究者的には気になるところなのだろう。

それに対してラウラは首を横に振った。

「かなり力は使いますが、吸血鬼《ヴァンパイア》には下級吸血鬼《レッサーヴァンパイア》を直接作ることが出来る者もいるのです。ただ、実際に行うのは一生に一度か二度、といったところですが……よほど気に入った相手や、伴侶を作ろうとする場合に使う技能ですね。しかし、あのシュミニがリナさんをそのように扱っていたとは考えにくいので……《迷宮核》に繋《つな》げるために必要だったから、ということでしょう。以前にも言った通り、《迷宮核》の支配をするためにはある程度の格が必要ですから。普通の人間にも、屍鬼《しき》程度の魔物にも厳しいでしょう。下級吸血鬼《レッサーヴァンパイア》でギリギリなんとか、ということだったのでしょうね」

「自分で支配すればよかったのに、なぜそんなことを……」

「迷宮の主にはそれなりに制限というものがありますから。そういったところを免れたかったのだと思います。まぁ、眷属にやらせればその制限を受けずに迷宮支配が可能になるのですから、合理的なやり方です。昔からあった手法ですね」

「昔から……？」

ラウラの言葉をロレーヌが不思議そうに繰り返したが、ラウラはそれに答えずに続ける。

「……ともかく、このままシュミニの眷属にしておくのは問題です。吸血鬼《ヴァンパイア》の眷属というのは主が死した後も、ある程度その意志に従ってしまうものですので……迷宮の主の座から降りた後、リナさんがシュミニのように暗躍しないとは言えません。ですから、そこから解決しましょう」

リナがシュミニのように……。

それはそれでなんだか頼もしく、面白そうに思える。

自分に被害が及ばないのならちょっとだけ見てみたい気もした。

……が、実際にそういう訳にもいくまい。

そもそも、仮に俺に被害が及ばないとしても、マルトの人々に被害が及ぶのだからダメだ。

リナもそんなことしたくはないだろうしな。

しかし問題は、どうやって解決するのかだ。

「だが、どうやって……屍鬼《しき》になった者を人間に戻す方法はない。吸血鬼《ヴァンパイア》になった者を元に戻す方法もやっぱりないんじゃないのか？」

俺はラウラにそう尋ねる。

そもそもそんな方法があるのなら他の誰よりも先に俺が試したいところだ。

最終目的は人間に戻ること、なのだから。

しかしラウラは首を横に振って、

「……いつ、わたくしがリナさんを人間に戻せる、と言いましたか？」

そう言った。

「……え？　だが助けるって……」

「ええ。助ける、とは言いました。しかしそれイコール人間に戻す、ではありません。もちろん、戻せるのならその方がいいのでしょうが……私にもそれは出来ないのです。出来るのは、リナさんを、シュミニの眷属から外すことだけ」

それは……どうなんだろうな。

シュミニの意志に操られて自分が望まない行動をとる、という事態は避けられるようにはなるのだろう。

ただ、人でなくなるというのは……。

俺は自分がそうだから分かるが、結構色々な葛藤がある。

リナにとっては……きついのではないだろうか。

ただ、ラウラも人間に戻せるならその方がいい、とは言っているので、彼女にはどうやってもそれは出来ないということも事実なのだろう。

であれば、とにかくシュミニの意志に操られない方法をとるのが一番、ということになるか。

これぱっかりは、仕方がないな……。

「どうやったらリナをシュミニの眷属から外せるのですか？　吸血鬼《ヴァンパイア》は一度眷属になれば、死ぬまで主従は変わらないと聞きますが……」

ロレーヌがそう尋ねたので、ラウラは答える。

「変わらないというか、変えない、というのが正しいでしょうね。私もその辺りの規則にはあまり詳しくないのですが、他人の眷属には手を出さない、という決まりがあるようです。結果として、主従が変わらない。ですが、実際には他人の眷属を自分の眷属にすることは、可能なのです……」

話が見えて来た。

つまり、リナをシュミニの眷属から他の誰かの眷属に移してしまえばいい、ということだろう。

他の誰か、というのをもっと明確に言うなら、他の吸血鬼《ヴァンパイア》の、ということになる。

つまり……。

ここで視線がイザーク、ラウラにいった俺とロレーヌだった。

ここまでほぼ触れずに来たが、こうなったらもう、触れない訳にはいかない。

「もう説明しなくてもお判《わか》りでしょう。わたくしも、イザークも、吸血鬼《ヴァンパイア》です。ですので、このようなことを知っている、という訳です」

ラウラはなんでもないことのようにそう言った。

まぁ、ここに来るまででもうほとんどはっきりしていたことだとも言える。

隠す気はなかったのだろう。

なぜ、隠す気がなかったのかと言えば……。

「……俺のことも、分かっているのか？」

一応遠まわしに尋ねてみれば、ラウラは頷いて、

「ええ、まぁ。あの血は、役に立ちましたでしょう？」

と言って来た。

以前くれた吸血鬼《ヴァンパイア》の血のことだろう。

分かっていてさりげなく見せて、選ぶようにしたということか。

演技が自然すぎて全く分からなかった……。

「ああ。その節は……と言いたいところだが、今はリナのことだ」

「そうですね……ともかく、リナさんを誰か他の吸血鬼《ヴァンパイア》の眷属にしてしまえば、一つ問題は解決し

ます。あとは誰がやるかですが……レントさん。貴方《あなた》がやってください。それが一番いいでしょう」

ラウラが俺に向かってそう言った。

いや、確かに理屈の上だと俺にも出来ることになるのだろうが……。

「……そんなこと、やったことないぞ」

そう言うと、肩に乗っかっている鼠《ねずみ》がべしべし頭を叩いたので、

「……いや、小鼠《プチ・スリ》くらいしかやったことがない。しかも、偶然そうなっただけで……どうやればいいのか、俺には……」

「その辺りはわたくしたちがフォローしましょう」

「……どうせならラウラかイザークがやった方が失敗しにくいんじゃないか？」

変なやり方をして、失敗しましたでは目も当てられない。

リナには未来があるのだから、俺のせいでそれがどうこうなるのは嫌だった。

……まぁ、吸血鬼《ヴァンパイア》になってしまった状態で一体どんな未来が……という気もするが、それを言うなら俺だって、という話になってしまうからあんまり考えたくないところだ。

少なくとも俺は何も諦めてはいない。

そんな俺にラウラは首を横に振る。

「いえ、そういう訳には参りません」

「……なぜ？　少なくとも俺よりはずっと上位の吸血鬼《ヴァンパイア》だろ？　ラウラも、イザークも……だった

ら」

「確かにそれは間違い……ではないのですが、正しくもありません。私とイザークは吸血鬼《ヴァンパイア》ですが、レントさん。貴方は少し……違います。そしてその違いが、今後のリナさんの生死を分けるでしょう」

「俺が……違う？　吸血鬼《ヴァンパイア》じゃないってことか？」

「……そうですね、その辺りのことは……」

と、ラウラが言いかけたところで、ごごごご、と辺りが揺れた。

そして、周囲を囲む壁の脈動が激しくなり、部屋が一回り広がる。

それを見たラウラは、

「……これは、時間がありませんね。放っておくと地下だけでなく、マルトそれ自体が迷宮化してしまいます。レントさん。細かいことはとりあえず置いておき、早くやってしまいましょう」

と、見た目に反した大雑把な台詞を言う。

「だが、どうやって……」

「噛《か》み付いて血を吸ってかつ、牙からレントさん自身の血を流し込んでやればいいのです。ほら、簡単でしょう？」

……急いでいるからか、説明が酷く適当だった。

しかし、それだけ切羽詰まっているということなのだろう。

俺もこうなったら駄々をこねている場合ではないなと、リナの方に近づき、それからその肩口をまくって、その白い肌に向かって口を開く。

そして、嚙み付くと、ぷつり、という感触と共にリナの肌が破けたことを感じた。

口の中に流れてくる血液の味に、ひどく甘やかな気分と高揚を感じるが、味わっている場合ではない。

今日は人血ソムリエは休業だ。

ある程度血を吸ったのち、俺は牙から血をリナに流し込むように意識する。

そんなこと出来るのか？

と思ったが、意外や意外、意識すると牙の先からリナの中に血液が流されて行っているのを感じた。

……これでいいのだろうか？

大体、リナの血液のうち、全体の一割くらいを吸い、俺の血液を同じくらい流し込んだかな、という感覚である。

エーデルの時と同じように、何かが繫がった、という感覚もあるが、リナの意識がないからなのか、あの時ほどしっかりとした繫がりは感じない。

これで正しいのかどうか不安になって、ラウラを見ると、ラウラは頷きながら言う。

「……大丈夫です。問題ありません。これで、リナさんはシュミニの眷属からレントさんのそれへと変わりました。あとは……それ、ですね……」

リナの手に沈むように嵌《はま》っている《迷宮核》を見つめながらラウラは言う。

眷属にすることは俺にも可能だったようだが《迷宮核》については一体どうすればいいのかまるで分からない。

触れれば支配できる、ということだったが、この《迷宮核》はリナに完全に一体化しているように見える。

普通の方法では無理なのではないか、そんな感じがするのだ。

「どうするんだ？」

俺がラウラにそう尋ねると、ラウラは、

「それほど難しい話ではないですよ。《迷宮核》を取り込めばいいだけですので。でも、レントさんには難しいでしょう。もちろん、ロレーヌさんにもイザークにも。普通のものならともかく、リナさんと一体化してしまっているこれを取り込むのは……適当に教えれば出来るというものでもないので……。仕方がありません。私がやるしかないですね。もう少し時間があればよかったのですが……」

そう言った。

さらに、

「レントさん、ちょっとこちらを向いてください」

と言ったので、俺が首を傾《かし》げつつもラウラの方を向くと、ラウラはその手首をいきなり掻《か》っ切って、俺の口をこじ開けて血を流し込んできた。

俺が驚きつつも、なんだか血が口に入ると飲み込んでしまう人血大好き吸血鬼《ヴァンパイア》の業を感じていると、ラウラはそれを確認したのち、非常に申し訳なさそうな表情で、

「……すみません。ちょっと時間がないもので乱暴な感じで」

と言い、腕をひっこめた。

当然、その腕の傷は即座に再生している。

俺やイザークよりも遥かに早い。

手品みたいに見えるくらいだ……凄いな。

時間がないというのは迷宮化が進んでいることだろうが、なぜ、こんなことを今するのか……。

分からない。

分からないが、ともかく、ラウラはリナの前に進み出て、彼女の左手、つまりは《迷宮核》の嵌っている方の腕をとって、《迷宮核》に触れる。

それから、俺の方を見て、

「レントさん。色々と説明したいことがあったのですが……少し難しそうです。ただ、とりあえず各地の神殿や遺跡を回って、古い時代の伝承を集めてみてください。そうすれば、貴方の目的に近づくでしょう。神銀《ミスリル》級になる、という夢にも通じますし、一石二鳥ですね」

などと言う。

次にロレーヌの方を見て、

「ロレーヌさん。出来ることなら、レントさんのサポートをしてあげてください。貴方の学識は、必ずレントさんの力になるでしょうから。それと……悩んでいることがあるかもしれませんが、どうしようもなくなったら私が解決して差し上げますので、あまり深く考えすぎないことです」

と意味ありげなことを言った。

そして最後にイザークの方を向いて、

「……これで四つ目です。流石に限界が近いので、おそらく私はしばらく眠ります。後のことは頼みましたよ」

と言い、そしてもう一度リナの《迷宮核》を見つめると、《迷宮核》から黒い光が漏れ出した。

それは一瞬でリナを包み込んで、決して離そうとしないように見えたが、ラウラがそれを吸収するように自らの身へと徐々に取り込んでいく。

それから、ラウラの胸の辺りにすべての黒い光が取り込まれると、徐々にその輝きは失われ、そしてリナの左手についていた《迷宮核》はその姿を消し、空中にずっと浮き続けていたリナは地面にふわりと横になった。

細かいことは分からないが、これで《迷宮核》はもう、ラウラに移った、ということなのだろう。

そしてその瞬間ぐらり、とラウラの体が傾き、倒れる、と思ったので支えようと踏み出そうとしたら、俺よりも遥かに速い速度でイザークがラウラの肩と腰を支えていた。

流石だ、と思いながら、俺とロレーヌはラウラとリナの下に近づく。

リナはしっかりと息をしており、また先ほどよりも強く繋がりを感じる。

リナの意識の問題というより《迷宮核》が何らかの理由で阻害していた、という感じだったのかもしれない。

ラウラの方は……。

「……眠っている、のか？」

目を閉じて、吐息を立てていた。

人形のような容姿をしているが、全く動かなくなるとそれが余計に強調される。

まるで美しい死体のようだが《不死者《アンデッド》》なのだから似たようなものなのは間違いないだろう。

だったら呼吸は必要なのか、という感じだが、血も流れているし、色々突っ込みだすとキリがない。

ラウラは擬態だ、と言っていたので、まぁ、そういうことなのだろう。

イザークは、俺の言葉に頷き、答える。

「……そのようですね。いつ目覚めるのかは全く予想がつきませんが……」

「どういうことだ？」

「主は……《迷宮核》を限度を超えて取り込んでしまっているのです。ちょうど、先ほどまでのリナさんのような状態になってしまった、ということです」

「限度って……」

ラウラは《迷宮核》を支配するには格が必要だ、というような話をしていたが、下級吸血鬼《レッサーヴァンパイア》のリナでギリギリくらいだ、というようなことも言っていた。

だとすれば、それよりもずっと上位であろう吸血鬼《ヴァンパイア》のラウラなら、問題ないのではないだろうか。

俺はそんなことを言ったが、しかしイザークは首を振って、

「主が支配している《迷宮核》の数は、今回のものも含めると、全部で四つです。いくらなんでも……ということでしょう」

「それはどういう……ッ!?」

質問を続けようとしたところで、俺は急激なめまいを感じた。

なんだ、これは……。

「レント!?」

ロレーヌが近づいてきて、倒れそうな俺を支える。

しかし、めまいは収まらない。

「……先ほどの、主の血ですね。レントさん。大丈夫です。ゆっくり眠ってください。《存在進化》ですよ……」

そんな風に言うイザークの声が徐々に遠ざかっていき、俺の意識は暗闇に落ちた。

◆◇◆◇◆

目覚めると、そこは先ほどまでいたはずの広間ではなかった。

背中に柔らかい感触がするし、冷え冷えとしていながら妙な生々しさの感じられる空気が漂っていたあの場所とは異なり、花のいい香りがするように感じる。

上半身を起こすと、自分の体が高価そうなベッドの上に横たえられていたのが分かる。

一般人にはとてもではないが買えないような高級品であり、周囲を観察してみるとどこを見ても並んでいるのはやはり、かなり高価そうな品々ばかりだった。

かなりの資産家の屋敷の一室、そう一目で分かるような、そんな部屋だった。

ただ、ごてごてとして趣味が悪い訳ではなく、むしろ色調の抑えられた、心の落ち着く様な色合いの部屋である。

「……ここは……」

思わずそう呟くも、答えてくれる者は周囲にいないようだ。

とりあえず、自分の体がどうなっているのかを確認するため、手を握ったり、顔に触れたりしてみる。

……調子は悪くなさそうだ。

意識が暗闇に落ちる前に、イザークが口にした言葉を思い出す。

意識を保つのが難しくなったのは《存在進化》するからだ、と。

俺はきっちり《存在進化》出来たのだろうか？

なんとなくだが、意識を失う前よりも体が軽いような気もするが……どうだろうな。

ベッドから降りて色々と体を動かしたり捻《ひね》ったりしてみるが……。

「……これだとよくわからないな……」

首を自分の背中が見えるくらいに捻った辺りで、柔軟性の確認に意味がないことに気づく。

もともと、関節なんて存在しないかのごとく動いていたのだから、すでに柔軟性はマックスなのだ。

かといって他に試すことと言えば……腕力とかかな？

流石にこの場で試すのは難しそうだ。

もともと限界値がどの辺りにあるのかはよく分かっていなかった。

というか、限界値を確認しても魔物を倒したり修行したりすると徐々に伸びるので、正確なところは把握できていなかったのだ。

方法も重い石を持ったりとか、何かを握りつぶしてみたりとか、そんな感じなのでぶっ壊していいものがなければこの場では試せないな。

周囲にあるのは高級品ばかりで、弁償するのはちょっとあれである。

まぁ、今の俺の財力なら！　とか金持ちみたいなことを一度くらい言ってみたいところだが、骨の髄まで染み込んだ貧乏根性が無駄遣いはやめろと俺の脳内に直接語り掛ける。

……魔法の袋とかは金貨を惜しまず買ってしまうのだが、日用品とかそういうのを買うときは結構財布のひもは固い俺であった。

……ま、それはいいか。

自分の体の確認はこの辺にしておいて、まずは状況確認をしよう……。

とりあえず、どこにいるのかを把握するため、部屋の窓に近づく。

すると、外には大規模な庭園が見えた。

緑の生垣が複雑に入り組んで配置してある。

遠くに門が見え、ちらりとその前に門番の男が立っているのが見えた。

……もう判明したな。

ちょっとは推理させてくれよ、とか思わなかった訳でもない。

ともあれ、早々に分かったのは良かった。

つまりここはラウラの屋敷だ。

ラトゥール家。

あの後何がどうなったのか分からないが、とりあえずここまで運んできてくれたのだろう。

となればまずは、イザークがどこかにいるだろうから、探しに行こうか……。

そう思って、部屋の入り口の扉に近づき、開くと、

「……ヂュッ！」

と、鳴き声が聞こえた。

視線を下に向けると、扉の外で我が眷属エーデルが二本足で立ってこちらを見上げていた。

お前も進化したのか！

とか言いたかったが別に何も変わっていない。

いや、見かけ上変わっていないだけで何か変わっているのかもしれないが……とにかく、今見る限りはただのデカめな小鼠《プチ・スリ》だな。

いつも通りである。

しかしまたなんでこんなところで待っていたのか、と思っていると、ラトゥール家を探索していて、今戻ってきたところだ、と返事があった。

特に主たる俺の静寂なる眠りのために気を遣って部屋の外で待っててくれたとかいうことはないらしい。

別に構わないのだが、ラトゥール家の探索くらいいつでも出来るだろうに、と思っていると、エーデルが言うには普段は侵入することが不可能だということだった。

あの生垣迷宮で阻まれる上、他の方向から、とか穴を掘って地下から、とか色々試してみたが全て阻まれたらしい。

以前なら何で辺境都市のちょっとした権力者がそんな物凄《ものすご》い防護システムを持っているのか、と疑問に思っていただろうが、今となってはラウラもイザークも上位の吸血鬼《ヴァンパイア》であることがはっきりしている。

それくらい出来てさもありなん、という感じであった。

そういう訳で、滅多にない機会を利用して色々と探索しているらしい。

そんなこと勝手にしていいのか、と思ったら、イザークの許可は得ているようだ。

それに、どんなところでも好きに入り込める、ということは全然なく、入ろうとしても開かない扉とか、行こうと思っても行けない区画とかが山のようにあるようだ。

見せられるところだけ見てもいいよ、ということなのだろう。

「それで、イザークはどこにいるのか分かるか？」

別に口に出さなくてもいいのだが、なんとなくそう尋ねると、エーデルは、

「ヂュッ……」

と返事をして、とことこと歩き出した。

流石に四足歩行である。

どうやらついてこいということらしく、俺はエーデルの後を追った。

屋敷の中を歩いていると、使用人らしき人々と何度かすれ違った。

いずれも俺の姿を見ると廊下の端に寄り、深く頭を下げてその通過を待つ。

俺じゃなくてエーデルにかもしれないが。

そんな彼らを見ていてふと思ったが、彼らは人間、なのだろうか。

それとも屍鬼《しき》や下級吸血鬼《レッサーヴァンパイア》なのだろうか。

ここは、主が吸血鬼《ヴァンパイア》である家なのであるから、普通の人間が暮らすのは色々な意味で厳しそうな気がする。

となると、使用人も必然的に人ではないということにならないだろうか。

まぁ、俺がロレーヌと暮らしていることから、別に共存が不可能ということはないのだろうが、事情を知れば大抵の人間はしり込みするものだ。

そうなると……。

ただ、顔を見るに屍鬼《しき》ではないように思える。

屍鬼《しき》の顔は割とはっきり分かるからな。

魔術で偽装されていると分からない場合もあるということは今回のことで明らかだが……。

後で、イザークに聞いてみようと思う。

それから、しばらく進むとエーデルの足が止まった。

扉の前であり、開けろ、という顔をしてこちらを見ている。

眷属なんだから開けてくれても……と思うが、エーデルが開くのは単純に体の構造的に厳しいか。

まぁ、ジャンプしてノブを摑むか齧《かじ》るかしてから下げる、という開け方なら出来るだろうが、この屋敷のものはノブですら精緻な彫刻が施されていたりして高級品であるのがよくわかるからな。

傷つける危険は出来るだけ避けた方がいい……と小心者の俺は思ったので、素直に手を伸ばしてノブを掴んだ。

――バキッ！

という音と共に、ドアノブが握りつぶされる。

ゆっくりと手を離すと、パラパラと木製の装飾が美しかったドアノブは、木片へと変わった。

どどど、どうしよう……。

そんなことを思っていると、どこからともなく使用人が三人ほどやってきたので、

「……あ、あの、これは」

と言い訳をしようと口を開いたのだが、特に何も言われることなく、てきぱきとした様子でドアノブの交換が行われ、三人のうち二人が頭を下げて去っていき、最後の一人はドアノブを掴んで扉を開け、深く頭を下げた。

……いたたまれない。

これなら怒られた方がすっきりしたかもしれない。

そんなことを思ったが、もうここまでされたら堂々とするしかないだろう。

俺は、

「……ありがとう」

そう言って開いた扉の向こう、部屋の中へと入っていく。

エーデルはすでにここにいない。

主のピンチを放って置いてさっさと入っていく辺り、僕《しもべ》としてどうなのか。

まぁ、本当にピンチのときはしっかりと動いてくれるので文句は言えないのだけども。

俺が中に入ると、静かにぱたり、と扉が閉じる音がする。

扉を開けてくれた使用人が閉めてくれたのだろう。

至れり尽くせりすぎて申し訳ない気分になってくる。

が、気にしても仕方がない。

気を取り直して部屋の中を見ると、そこには皺《しわ》一つないパリッとした執事服を身に纏ったイザークと、ラウラのような豪奢《ごうしゃ》な服を身に纏っているリナがいた。

リナは椅子に腰かけているが、イザークは立っていて、給仕を務めているように見える。

リナの前にあるテーブルには、カップに入ったお茶と、それにいくつかの美味《おい》しそうなお菓子の類が並べられていて、こちらも至れり尽くせりのようだった。

俺が入って来たのに気づいていたのか、二人ともこちらに振り返っていた。

それからリナは立ち上がり、小走りで近寄ってくる。

部屋が広いからそんな挙動になるのだ。

俺が以前住んでいた安宿や、ロレーヌの家とは規模が違う。

……ロレーヌに失礼か。居候の分際で。

そもそもロレーヌの家は小さくはない。狭く感じるのは本や資料がそこら中に山積みになっているせいだ。

そして、ここまで開放感のある部屋というのは俺の生活環境の中ではかなり珍しい、という訳だ。

まぁ、それはいいか。

「……レントさん！」

近くまで来て、リナが俺の胸に飛び込んできた。

それを俺は抱き留めるが、とにかく軽い。

やっぱり《存在進化》に基づく筋力の上昇が著しいのかもしれない。

ドアノブを壊してしまったことから考えても、力の入れ具合の調整が難しいな……安易に人に触れられない。

ちょっと練習が必要だろう。

「リナ……大丈夫なのか？　なんていうか……色々あったが」

吸血鬼《ヴァンパイア》に捕まったり吸血鬼《ヴァンパイア》にされたり迷宮核と融合させられたりと波瀾万丈なリナである。

そこにとある屍食鬼《グール》との出会いまで含めるともう、リナは何かに呪われているとしか思えない。

……なんだか親近感が湧くな。

しかし、まだどのあたりまでリナが今把握しているのか分からないので曖昧な言い方になった。

これにリナは、

「……大丈夫ですよ。体も軽いですし、特に問題ありません。なんだかちょっとだけ、人が食べ物に見える瞬間がありますけど……」

と言った。

大分物騒な思考になっているようであれだ。

だが、気持ちはよく分かる。

人を見ていると、こう、頭の片隅とか無意識の中で、中々美味しそうだな、きっと血はサラサラなんじゃないかな、とか栄養状態が良さそうだ、濃厚な味がしそうだな……、とか考えている自分がいることにたまに気づいてはっとする時がある。

リナもそんな感じなのだろう。

とはいえ、全く抑えられないというほどでもないし、そこまで問題はないんだけどな。

「そうか……ということは、気を失っている間、何があったのかは分かってるのか？」

俺がそう尋ねると、リナは頷く。

「はい……私、吸血鬼《ヴァンパイア》になってしまった……んですよね？」

どうやらしっかりと把握しているようだ。

リナに遅れて、イザークも近づいてきて、俺に話しかける。

「レントさん。おはようございます」

「ああ、おはよう……リナには全部？」

「ええ、説明しました。ロレーヌさんも先ほどまで一緒にいたのですが、今は図書室に籠もっています。狂喜乱舞されてましたよ」

きょろきょろと誰かを探している俺の視線に気づいたのだろう。

イザークはロレーヌの行方について口にした。

しかし、図書室か。

おそらくだが、しばらくは出てこないだろうな。

放っておけば、一日中……いや、何日でも本にかじりついていられる性格の人間なのだ。

それで動けなくなっているロレーヌに食事を作ったりしたことなど枚挙にいとまがない。

今回もそうはならないよう、後で様子を見に行かなければならないな、と頭の中にメモする俺であった。

「それで、お体の調子はどうですか？　見る限り、特に不調はなさそうですが……」

イザークがそう尋ねてきたので、俺は頷いて答える。

「ああ、問題はないな。ただ、力の加減が効きにくくて……さっきドアノブを壊してしまった。申し訳ない」

素直にそう謝ると、イザークは笑って、

「それならお気になさらずに。《存在進化》した吸血鬼《ヴァンパイア》にはありがちなことですから。私も相当昔のことになりますが、同様のことをした記憶があります。おそらくは、ラウラ様もあったのではないかと思いますが……」

名前が出てきたので、俺は尋ねる。

「……ラウラは、どうなったんだ？　やっぱりまだ……」

「ええ、眠っておられます。ただ、そこまで心配されることもありません。ラウラ様は私などとはそれこそ格が違う存在ですので、あの程度で命に関わるということはありません。ただ、ここのところ力が弱っていらっしゃったので……少しばかり《迷宮核》を取り込むのに時間がかかっている、ということだと」

「力が……？」

なぜだろう。

吸血鬼《ヴァンパイア》は基本的に老化とは縁のない存在だ。

したがって、経年劣化というのは食事をしている限りは滅多なことでは起こらないはずだが……。

これにイザークは、

「《竜血花《りゅうけつか》》の採取をお願いしたでしょう？　あれは、邪気を祓《はら》うもの。翻って吸血鬼《ヴァンパイア》の力を抑えるのにも役立ちます。ただ、それも正しい量を摂取した場合で……あまりとりすぎると、力の弱体化を招くのです。ラウラ様は、ここ何年も、《竜血花》から採取した花竜血を原液そのままで摂取されていたので……」

「なぜ、そんなことを……？」

イザークの話が事実なら、それは半ば自殺行為だ。

それなのに。

しかしイザークは首を横に振って、

「分かりません。長い生に飽きていたのかもしれませんし、他に何か理由があったのかもしれません。ただ、それでもレントさんに会ってからはあまりとらなくなっておられました。そのお陰で、徐々に力が戻りつつあったと。ですので、しばらくすれば、ラウラ様は目覚めると思います」

「しばらくっていうと……どのくらいだ？　明日か、明後日《あさって》か？」

ラウラには聞きたいことが色々とある。

だから、ついそんな聞き方になってしまったが、これにイザークは申し訳なさそうに、

「すみません。期待させるような言い方をしてしまいましたが……数か月、もしかしたら数年かかるやも知れず……」

と言ってくる。

そうだった。

彼ら吸血鬼《ヴァンパイア》は相当な長生きなのが普通で、その時間感覚は俺の様ななりたて吸血鬼《ヴァンパイア》もどきと比べるのは問題なのだった。

数か月、数年……それでも彼らからすると、しばらく、程度の時間でしかないのだろう。

しかしそうなると、色々と話があるのに、困ったな……。

まぁ、それを見越してラウラは《迷宮核》を取り込む前に色々と俺たちに言い置きをしていたのだろうが。

俺には、各地の神殿や遺跡を回ったり、伝承を集めたりするといい、というようなことを言っていたな。

あれは一体どういう意味だったのか……。

「ラウラのことは、仕方がないさ。マルトを守るために《迷宮核》を取り込んだ訳だし、彼女以外にあれが出来る者はあの場にいなかったんだから」

「そうおっしゃっていただけるとありがたいです。私も可能な限り説明出来ることは説明したくはあるのですが……残念ながら、私の知っていることは少ないです。何かお聞きになりたいことはありますか？」

そう尋ねられたので、ラウラが最後にマルトの地下で告げた言葉の意味を聞くことにする。

「神殿や遺跡を回って、古い時代の伝承を集めるといい、みたいなことを言っていたが、あれってどういう意味なんだ？」

俺の言葉にイザークは難しそうな顔で、

「……それについては……そのままの意味でしょう。あなた自身のこと、これからのこと、それを考えるためにはそうすべきなのだと」

「いや、俺が聞きたいのはそういうことじゃなくて……」

なぜ、そうすべきなのか、その古い時代の伝承とは一体どういうものなのか、ということなのだが、イザークもそれが分からないはずはないだろう。

実際、イザークは続けた。

「ある程度答えることは、私にも出来ます。出来ますが……私は、それを知り、そして解釈を間違えた者です。私のみならず、シュミニもそうでしょう……それを私が説明してしまうと……何か間違いが混在すると思うのです。ですから、それについては、レントさん。あなた自身で調べ、あなた自身が考えるべきだと……。ラウラ様が目を覚まされても、きっと同じことをおっしゃるでしょう」

結局、何も答えてはくれないということに変わりはないのだが、その意味するところは理解できる。

古い時代の話、それは長い年月にわたって伝えられてきたものであるから、欠損や歪《ゆが》みが当然に存在する。

必然的にそれらを集めた後、解釈して理解する必要が出てくるが……その過程で推論を誤り、間違いが混在する可能性は少なくない。

イザークは、まさにその間違いを自分はしたのだ、と言っているのだろう。

そしてそんな間違いを犯したイザークから話を聞くと……レントもまた、同じ間違いに至るのではないか、とそういうことを言っている、のだと思う。

多分。

だからまっさらな状態で、自ら情報に触れて、自分の頭で考えろと……そう言いたいのだろう。

だとすれば、これはイザークに尋ねるべき話ではないということになる。

困った……まぁ、やるべきことははっきりしているのだからやればいいだけなのだが、旅に出る必要があるからな。

神殿も遺跡も世界中に存在している。

マルトでずっと冒険者をしてきた俺にとって、旅というのは遠いものだった。

というのも、ソロの銅級冒険者に護衛依頼なんてまず来ないし、他の地域に行っても稼げる可能性は少なかった。

路銀すら厳しかったというのもある。

しかし、今の実力なら……護衛依頼を受けたり、また各地の冒険者組合《ギルド》で依頼を受けながら、旅をしながら稼ぐことも可能だろう。

心躍ってくるが、しかし同時にマルトを離れなければいけないことに寂しさも感じる……。

まぁ、転移魔法陣があるから、それが設置してあるところからならすぐに戻れるだろうが、旅に出たはずなのになぜかマルトにいる、みたいなことが情報として伝わると面倒くさいことになりそうだからな。

滅多なことでは使わないようにしなければならないだろう。

馬車でする旅というのも憧れるところはある。

転移だけというのはちょっと趣がないというか、旅という感じがしないのだ。

「……まぁ、話は分かった。そういうことなら、それについては聞かないことにしておこう。他には……そうだ、俺が《存在進化》したって……何になったか、分かるか？」

俺には分からない。

というかまだ何にも試していないから、謎だ。

ちょっと身体能力が増しているらしい、ということくらいしか。

「レントさんは、我々とは少し違う、という話は覚えていらっしゃいますか？」

「ああ。そんなことをラウラが言っていたな」

「そうです。ですので……正確にこの種族、とは言えません。言えませんが、吸血鬼《ヴァンパイア》に置き換えた場合、どの程度のランクに当たるか、ということくらいは言えると思います。そのためにはまず、力を見せてもらわなければなりませんが……」

力か。

まぁ、腕力だけ見せても微妙だよな。

そこはたとえ吸血鬼《ヴァンパイア》で同じランクのものでも、個人差というのがあるだろうし。

人間と一緒だ。

そうそう、俺のこともそうだが……。

「リナもやっぱり、普通の吸血鬼《ヴァンパイア》とは違うのか？」

「えっ、私、吸血鬼《ヴァンパイア》じゃないんですか？」

リナがびっくりしているが、そこも聞いておかなければならないだろう。

普通の吸血鬼《ヴァンパイア》と同じでもいいのだが、今のマルトにはおそらくニヴがいる。

あの壁も、事態が落ち着いているらしい今、もうなくなっているだろうから、そうなるとニヴはいまマルトを巡回中なのではないだろうか。

あいつに見つかって、リナが爪で引き裂かれてはたまったものではない。

この心配について、イザークは、

「……おそらくは。一番分かりやすいのが、その気配ですね。人には分からないことなのですが、我々吸血鬼《ヴァンパイア》には同族がなんとなく分かります。けれど、レントさんもリナさんも……同族としての気配が、ない」

「……俺もリナも、吸血鬼《ヴァンパイア》じゃないのか？　でも、血は吸うし、人に対する……食欲みたいなものも感じるんだが。だよな？」

リナにも確認してみるが、彼女も頷いて、

「人間、美味しそうです！」

とヤバい台詞が返って来た。

……いやまぁ、間違ってはいないんだけど、この台詞を街で叫ぶと危険だ。

人を食らう魔物と認識されるか、とてつもない阿婆擦《あばず》れ扱いされるかの二択である。

どちらにしてもリナをそんな目に遭わせるわけにはいかない。

一応、後で注意しておこう……。

ともかく、俺の台詞にイザークは答える。

「もちろん、まったく違う、とまでは言えません。近縁種や亜種、というものがありますから……厳密なことは鑑定神にでも尋ねる他ありません。まぁ、確実に鑑定してくれる、とは言い切れませんが……」

実際、鑑定神本人……本神？　が鑑定することなど滅多にないというからな。

それを求めて神殿に行っても無駄足に終わる可能性はないではないが……仮面のことがある。

これについてはしっかり見てくれるんじゃないだろうか。

なにせ、ハトハラーの村の神霊によれば神具に近いという話だったからな。

ついでに俺が一体どんな種族なのかも見てもらえれば御の字、というところか。

「まぁ、それでも分かることはあります。それに出来ることの確認も。私はこれでもそれなりに長く生きている吸血鬼《ヴァンパイア》ですから、色々な技術を身に付けております。そのいくつかが、レントさんでも使えるかもしれません。ですので、庭に参りましょう……ロレーヌさんも見たいでしょうから、先に図書室に行った方がいいかもしれませんね？」

何か技術を授けてくれるつもりらしく、これは俺にとって非常に喜ばしい話だ。

元々、出来ることが極端に少なかったからひたすら出来ること……剣術や生活魔術、気での一撃などを極限まで磨き上げてきた俺だ。

出来ることが増えるなら、いくらでも歓迎したい。

というか、そういう、多彩な技を身に付ける、というのは憧れだったからな……。

とはいえ、新たな技術を手に入れたから、と基礎がおろそかになってはならないことはよく分かっているので、そうするつもりはない。

なんだかんだ言って、俺がまだまだなことは、マルトの地下でのラウラやイザーク、それにロレーヌの力を見て分かったからな……。

あの中では間違いなく、俺が最弱だった。

せいぜい、身体能力と再生能力を駆使すればロレーヌに勝てるかもしれない、と言ったところだっただろう。

それにしたって、ロレーヌは俺が吸血鬼《ヴァンパイア》もどきであることは分かっているのだ。それこそ一切動けなくなるまで魔術を叩き込み続けるだろうから、やられたふりをして近づく、なんて方法も使えない。

ダメだな。ロレーヌにもまだ全然勝てなそうだ……。

そんなことを考えつつ、俺はイザークの言葉に頷く。

「そうだな。今まで《存在進化》したら、まずロレーヌに一通り見てもらって来たから……今回もそうした方が、違いが分かりやすいだろう。それに、種族についても考察してくれる。俺も魔物についてはそれなりに知っているつもりだが、専門家にはやっぱり敵《かな》わないからな」

「ロレーヌさんは魔物学の学者でもあるそうですね。私も自らの種族についてならともかく、他の魔物についてはそれなりですので……では、ロレーヌさんを呼びに参りましょうか」

そして、俺たちは部屋を出て、図書室へと向かった。

◆◇◆◇◆

「おお、レント。目が覚めたか。体の方はどうだ？　不調はないか？」

ロレーヌが、大量の書籍を積み上げたテーブルを背景に、図書室に入って来た俺たちの方を振り向いてそう言った。

書物にかじりついて離れない性質の彼女も、一応俺のことは頭の隅に置いておいてくれたらしい。

俺は近づいて、言う。

「ああ。今のところは特に問題はなさそうだ……しかしそれにしても凄い量の本だな」

「これでもまだ、読みたいものの一部にすぎん。ここは凄いな……これだけの蔵書がある図書室など、そうそうないぞ。帝都の貴族の屋敷ですら、ここまでのものは持っていまい。しかも、いずれも貴重なものばかり……。ここに住みつきたいくらいだ」

それはやめろ、と言いたいところだが、ラウラやイザークなら許可しかねないのが怖い。

それに、ロレーヌの家は、家としての機能よりも本の置き場所としての機能の方が大きいからな……。

ここに住もうが自宅に住もうが感覚としては似たようなものなのかもしれなかった。

「ま、冗談は置いておこう。それよりも、何か用があってきたんだろう？」

流石のロレーヌでも本気で言っていた訳ではないらしく、微笑みながらそう尋ねて来た。

……先ほどの目は、半分くらいは本気だったような気がするが、そこを突っ込むのはダメな気もする。

俺は気づかなかったふりをして、ロレーヌに言う。

「ああ。イザークが、俺やリナが吸血鬼《ヴァンパイア》だった場合、どの程度の格なのかを見てくれるっていうからさ。それに、吸血鬼《ヴァンパイア》の技もいくつか教えてくれるって。これから庭で色々と試してみるから、ロレーヌにも見てもらって考察とかしてもらえたらとな」

「ほう……やはり、お前は吸血鬼《ヴァンパイア》ではないのだな。近縁種か亜種か……それとも全く関係ないものなのか。その辺りについて、イザーク殿と色々と話してみるのも面白そうだ」

ロレーヌもなんとなく、そう思ってはいたようだ。

まぁ、そんな話は何度かしているし、特に不思議でもない。

「私はロレーヌさんほど魔物について詳しい訳ではないので、ご期待に添えるかどうかは分かりかねますが……」

イザークは遠慮気味にそう言うが、ロレーヌからしてみれば吸血鬼《ヴァンパイア》本人から吸血鬼《ヴァンパイア》の話を聞けるのだ。

その時点ですでに期待に添っていると言えば添っている。

そもそも、最近周りに吸血鬼《ヴァンパイア》が溢《あふ》れている状況で忘れがちだが、吸血鬼《ヴァンパイア》なんてもの、普通は冒険者をやっていても中々遭遇できるものではない。

下級吸血鬼《レッサーヴァンパイア》ですらそうなのに、中級吸血鬼《ミドルヴァンパイア》以上のものとなると、どれだけ厳しいかが分かろうというものだろう。

だからロレーヌはイザークに、

「高位の吸血鬼《ヴァンパイア》である貴方から話を聞ける。それがどれだけ私にとって得難い機会か。ありがたく思っていますよ、イザーク殿」

そう言ったのだった。

復讐と無意識

「あぁ、レント。すまないがゴミを捨ててきてくれないか。玄関にまとめておいたのでな。私はその間に朝食を作っておくから……」

いつもと変わらない朝。ロレーヌ宅の二階にある俺に与えられた自室から出て、一階のリビングに降りていくと、すでに起きていたロレーヌからそう言われた。

彼女は自分で言った通り、今は料理中で手が離せないらしい。

俺は居候なのだから、朝食作りもゴミ捨ても俺の方がすべきなのに、ロレーヌはしっかりと役割分担をしてくれる。

まぁ、そんなロレーヌも研究にのめり込んでいる時とか、疲れている時は何もしないのだが、毎日きっちりかっきりと役割通りやることもないしな。

適度にお互いに出来ることをアバウトな感じで分け合うのが一番気が楽だ。

そういう意味で、俺とロレーヌの付き合いは十年にも及ぶのだから、あまり言葉を多用せずともお互いのちょうどいい振る舞いが分かっている。

「あぁ、分かった」

文句を言うことも、どこに捨ててきたらいいかを改めて尋ねる必要もなく、俺はゴミ袋を持って外に出た。

しばらく歩くとゴミが集められているところがあり、そこにマルトの住人たちがそれぞれの家庭のゴミを重ねていっている。

日によって捨てられる品と場所が違うが、今日は金属製品だな。

鋳溶かしてリサイクル出来るために、家の前などに置いておくと確実に盗難されるので、こうやってみんなで一箇所に集めているわけだ。

回収するのは捨てる場所によって異なるが、ここは確か……。

「あぁ、皆さん。精が出ますね。それにしても今日は随分たくさん集まったものですが……あっ、レントさん」

そう言って現れたのは、この金属製品を回収する宗教団体、拝錬教の司祭、アデラ司祭だった。

拝錬教は読んで字のごとく、錬金の秘術自体に神秘を認め、礼拝する少し変わった宗教団体で、信ずる神は錬金の神デイラである。

一般信徒は他の宗教団体などと同じく、普通の人ばかりであるが、司祭にまでなると高位の錬金術師と同等の技術を持っていることもザラだ。

そのため、定期的に喜捨として金銭よりも素材を求める変わったところがある。

ロレーヌは別にこの宗教の信徒というわけではないが、錬金術の同志としてたまに自らが不要になった素材を持ってきているのだ。

ちなみにゴミ捨てという名の喜捨に来るのは主に俺なので、このアデラ司祭とは俺の方がむしろ顔見知りであった。

アデラ司祭も結構な腕の錬金術師であるというが、その技術を見たことはまだ、ない。

「アデラ司祭。どうも」

俺がそう言って頭を下げると、司祭が近づいてきて、

「もしかしてこの沢山の素材は……レントさんが？」

「俺と言うより、ロレーヌが、ですけどね」

「やはりそうでしたか。いつも申し訳ありません。お二人が持って来てくださる素材にはかなり高額なものも含まれていることが少なくないので、教会でもいつも奪い合いになってしまうほどでして」

「使わないものや、量が足りないようなものばかりですので、そう言っていただくとこちらの方が申し訳なくなってきます」

「いえいえ。我々からしてみれば十分なものばかりですよ。それに個人で手に入れようとしても難しいものも多いですからね」

確かにそういうものも多く、大体は俺やロレーヌが自ら迷宮やら山やらに行って採取してきたものだ。

俺もロレーヌも自らが素材として使う予定のものを取りに行っているため、高品質なものを厳選

するから、通常の店売りとは段違いの品質のものが多いのも事実だ。

それに、普通の冒険者ではまず見分けがつかず、ほとんど流通しないものとかもある。

だからアデラの言っていることは理解できる。

「俺やロレーヌは素材を自分で取りに行きますから、変わったものが多いのでしょう」

「ええ、ですが、錬金術師たちの間ではよく知られているものばかりです。冒険者の方々でそれを見分けられる方が少ないことが、残念ですね」

「冒険者はとりあえず分かりやすくて採取しやすいものに目が行きますからね。滅多に使わないが売れると高額、とか、そういうものは記憶しにくいです」

「なるほど……冒険者側からのご意見、参考になります。冒険者組合《ギルド》に依頼するときはその辺りも考慮して定期的に出した方が良さそうですね……」

そんな雑談をしている内、ゴミというか素材というか喜捨が集まっていき、そろそろ人もまばらになってきたところでアデラが言う。

「では、レントさん。そろそろ……」

素材を全て教会に持って行くのだろう。

俺も頷《うなず》いて、

「ええ。それでは」

そんな風に挨拶して、別れたのだった。

◆◇◆◇◆

「お、戻ってきたな。朝食、出来ているぞ」

家に戻るとロレーヌがエプロンを外しながらそんなことを言った。

この場合のエプロンというのは、街の女性たちが好んで身につけるような可愛《かわい》らしいものではなく、実験で使って強力な酸性の液体が溢《あふ》れてかかっても焼けたり溶けたりすることすらない、強靱《きょうじん》な材質で作られたものだ。

もちろん、可愛らしさも色気も何もあったものではない無骨な品だが、ロレーヌらしくはある。

機能性も全く文句が浮かばないしな。

問題があるとしたらそれこそ実験でかかったであろう様々な物質の汚れだろうが、その辺りもしっかりクリーニングした上で使っているはずだ。

彼女がマメだから、というより、毎回そうしないと実験に不都合が生じてしまうからだ。

そういう厳密さは研究者として必要だ。

ちなみに、テーブルに並んでいる料理はどれもかなり美味《おい》しそうだった。

見た目もさることながら、強烈な食欲を感じるのはどれにも俺用の調味料がしっかりと使われているからだろう。

つまりはロレーヌの血である。

なくても最近は普通に味を感じるし、美味しいと思うのだが、やはりあるのとないのとでは大違いだった。

腹の膨れ具合もかなり変わってくるし、効率という意味でもこちらの方がありがたかった。

「いい感じだな。じゃあ早速食べようか」

「あぁ、そうだな」

二人でそう言いあって食卓につく。

食べながら、先ほどの事が話題に出る。

「アデラ司祭がそんなことを？　ふむ、気にしなくていいのにな」

「俺もそう言ったんだが、礼儀正しい人でな。恐縮していたよ」

「まぁ、あの人は昔からそうだな。しかしこんな辺境で燻《くすぶ》っているような人ではないのだが……」

「そうなのか？」

「ああ。その気になれば王都で職を得ることも、帝国で働くこともできるほどの腕だぞ。流石《さすが》に私には劣るがな」

自慢気にそう言っているが、ロレーヌに少し劣る程度だというのなら相当にレベルが高い錬金術師だということがよく分かる。

ロレーヌだって、なぜこんなところに住んでいるのかよく分からないほどの腕の持ち主だからな。

ともあれ、今はアデラ司祭のことか。

「それなのにマルトなんかにいるってことは、拝錬教の中では冷遇されてるってことかな」

「まぁ、その可能性が一番高いな。ああいう組織というのはどこでも最終的には腐敗するものだし……実学重視を謳《うた》う拝錬教でもそのような状況にあるのは嘆かわしいことだ」

「難しいもんだな」

「まぁな。ただ、あの人には拝錬教を抜けて、どこかの研究団体に移るという方法もあるからな。やりたくてやっているのだろうし、そこは私たちが口を挟めることじゃないさ」

「それもそうか」

世の中には不遇な状況に置かれてなお、何らかの理由でそこに留《とど》まり続ける人というのが確かにいる。その理由は様々だが、アデラ司祭もその口だと思えば、俺たちに言えることは何もない。

そういうことだった。

◆◇◆◇◆

「レントっ！」

ある日、ロレーヌの家の扉がそんな声とともに叩《たた》かれたので開けてみると、そこには見覚えのある人物と、見覚えの全くない人物の二人が立っていた。

片方は俺とロレーヌの弟子であるところの、孤児院の娘、アリゼである。

そしてその隣にいるのは、十歳くらいと思《おぼ》しき女の子だった。身につけているものから平民であり、ただこの街のものではなくどこかから旅してきたと分かる格好である。

「……アリゼ。その子は？」

「この子はミミルって言って……迷子なのよ」

「迷子？　というかなんでここに」

「レントなら捜してくれると思って」

その言葉で大体事情を察したが、しかし、

「……誰を捜せばいいんだ？」

親なのか友人なのか護衛なのか。

色々可能性はある。

これにアリゼは、

「お父さんよ。親子二人でこの街に来たんだって。でも気づいたらいなくなっちゃってたらしくて……」

「分かったよ」

「わぁ、ありがとう！　ほら、ミミル。言った通りでしょ？　レントが見つけてくれるって」

アリゼがミミルにそう言うと、ここまで緊張していたのだろう。

一言も言葉を発しなかったミミルが、ホッとした様子で俺に向き直り、

「……ありがとうございます、レントさん」

「いや、気にするな。どうせ今日は暇だしな……ただ、今からまた迷子になられても敵《かな》わないし、二人ともどこかで待ってろ。いいな？」

「じゃあ、孤児院にいるね」

「あぁ。その前に、そのお父さんの名前とか特徴を聞かないとならないがな。いいかな、ミミル」

「はい！」

「いい返事だ」

そして一旦二人をロレーヌの家の中に通し、ミミルから話を聞いてから、二人を孤児院まで送って俺は捜索を開始したのだった。

ロレーヌはどこにいるかって？

今日は冒険者組合《ギルド》から急な依頼が来たからと出て行ってしまっていた。

彼女がいれば捜索も捗《はかど》っただろうが、仕方がない。

ただ、俺一人でもエーデルという情報網があるし、多分大丈夫だろう。

そう思った。

◆◇◆◇◆

「……アリゼ、戻ったぞ」

二時間ほどかけて、目標の人物を発見した俺は孤児院を訪ねた。

「あっ、レント！　ミミル、レントが来たよ！」

「レントさん！　お父さん、見つかりましたか？」

「あぁ、しっかりとな。ただ、今は街を出ているらしい。冒険者だって話だったから当然かもしれないが……」

そう、ミミルの父親は冒険者だった。

王都からやってきた銀級であり、そこそこ腕があるらしい。

貴族から頼まれた素材を手に入れるために《新月の迷宮》に潜っているようで、夕方にならないと帰ってこない、という話だった。

ミミルを放っておいてそれでいいのか、と思ったのだが、滞在できる期間が限られている上に、その貴族にもかなり急《せ》かされていて仕方がなかったようだ。

ミミルについては冒険者組合《ギルド》に捜索を頼み、自分は依頼に出て行ったのだという。

結構な葛藤があっただろうな、という感じだが、まぁ、この場合は仕方がない。

マルトはそもそも平和な街だから、何か事件に、という可能性も低いだろうというのもその選択を後押ししたのかもしれなかった。

ともあれ、ミミルはこうしてここにいるし、父親の方の居場所もはっきりしたので夕方には合流できるだろう。

俺の言葉を聞いたミミルはホッとした顔で、

「……良かった。じゃあ、冒険者組合《ギルド》で待っていればいいんですね」

「あぁ」

そうだ、と言いかけたところでアリゼが、

「ミミル、ここで待っていればいいじゃない。あんまり豪華じゃないけど、一緒にご飯も食べて行ってよ！」

と勧めた。

「でも……」

ここは孤児院である。

迷惑をこれ以上かけるのは、と子供ながらに思って首を横に振ろうとしたようだが、アリゼが、

「大丈夫。最近、この孤児院は食べ物には困っていないから！　リリアン様もたまに魔物を狩ってくるし！」

……病気が治ったことはわかっているが、そこまで元気に活動しているとは思っても見なかった。

まぁ、彼女は聖気持ちだ。その気になれば一端《いっぱし》の冒険者くらいのことは出来ると言うことだろう。

そこまで言われてミミルは、

「……うん、わかった！　レントさん、私やっぱりここで待たせてもらおうと思うんですけど……」

「あぁ、そういうことなら俺の方で冒険者組合《ギルド》に伝えておくよ」

「ありがとうございます。じゃあ、また」

そうして俺は再度冒険者組合《ギルド》に戻る。

時間はあるし、ミミルの父親を直接待っていてもいいかな。

そんなことを思いながら。

◆◇◆◇◆

「……ん？」

夕方になり、冒険者たちが各地から戻ってきて報告する時間帯になった。

大半の冒険者はいつも通りに報告し、報酬をもらって帰っていくのだが、慌ただしい様子で冒険者組合《ギルド》に入ってくる一団を見つける。

中にはロレーヌがいたので余計に気になった。

ただ、いきなり話しかけるわけにも行かず、報告が終わった、と言うあたりで向こうが俺に気づいたところでやっと会話が出来た。

「何かあったのか？」

俺の質問にロレーヌが答える。

「あぁ、ちょっとな。特殊な魔物が出てきて、メンバーの一人が石化状態にされてしまったのだ。通常の治癒魔術や聖気だと治せなくて……治療薬の素材を取りに戻らねばならん。調合も今からせねば……」

石化状態、というのは魔物によるブレスや魔術、それに呪いなどで結構なってしまうものだが、比較的解くのは難しくない。

しかし今回の場合は例外だったのだろう。

ただ、焦っている、と言っても絶対に治せないとは言わないあたり、治す方策についてはすでに見当がついているのだろう。

「そうだったか。そういうことなら俺も手伝おう。少しくらいなら役に立つはずだ」

「レントはしっかりと学んでいるから少しどころではないさ。では行くか」

先に走り出すロレーヌに俺はついていく。

ミミルの父親を待つ予定だったが、これでは仕方がない。

ただ、冒険者組合《ギルド》にはすでにミミルの無事と場所については伝えてあるから、そちらから連絡が行くので心配ないはずだ。

この時はそう思っていた。

◆◇◆◇◆

「……まずいな。素材が」

ロレーヌが治療薬作成の最終工程でそう呟《つぶや》いた。

微妙に量が足りていないことにそこで気がついたのだ。

「この間、喜捨に出してしまった奴《やつ》だな」

「あぁ、こんなことなら出すのではなかったが……」

「いや、そういうことなら拝錬教の教会に直接行って少し融通してもらえないか頼んでもいいんじゃないか？　お互い助け合いだろう」

「……そうだな。今から採取しに行くのも問屋に買いに行くのも難しいし、それしかないだろう」

俺たちは合意するとそのまま、教会に行った。

対応してくれたのはアデラ司祭で、

「そういうことでしたらぜひどうぞお使いください。それに件《くだん》の冒険者の方はファジラさんでしょう？　うちが運営する治療院に入院しておられますので」

「あぁ、治療院に運び込んでいたが、そちらの運営だったか。ならちょうどいい」

素材を提供され、その場で最後の調合に入るロレーヌ。

そして、素材を見て、

「……渡した時には未処理だったはずだが、しっかりと処理されているな。これはアデラ司祭が？」

「ええ。その方が保存にいいですからね。不十分でしたでしょうか？」

「いやいや、完璧だよ。これ以上ないくらいだ。調合もこれならすぐに終わる……よし、出来た」

本当にすぐに終えたロレーヌはそれから、

「では治療院に向かおう」

そう言って立ち上がり、急ぐ。

俺もその後に続き、アデラ司祭はそんな俺たちに深く頭を下げていた。

◆◇◆◇◆

「いやぁ、流石に今度ばかりは死ぬかと思ったぜ！」

治療院のベッドの上で豪快に笑っているのはミミルの父、ファジラだった。

ベッドの横にはミミルが座っていて、無事な父親を確認出来た喜びに染まっている。

ファジラは俺とロレーヌがここに到着した時にはすでに首筋まで石化してしまっていたが、ギリギリ治療薬が間に合い、今ではもう完治している。

ただ、体に不具合はないか、などの確認のため、今日明日は入院ということになった。

依頼の品はすでに手に入れているので、これ以上焦る必要もないようで、ファジラもそれを受け入れた。

「お父さん……もう無茶しないで」

ミミルがそう言うが、ファジラは困った表情で、

「いや、しかしな。冒険者ってのは……」

と頭をかいている。

それを見て、これ以上俺たちがすることはなさそうだ、と思った俺とロレーヌは、そろそろ、と立ち上がり、その場を後にした。

治療院を出るとき、アデラ司祭に遭遇する。

拝錬教の運営する治療院ということで見にきたのだろう。

ファジラの様子も気になったのかもしれない。

会釈をして通り過ぎたが、

「……ロレーヌ」

「あぁ、少し……いや、かなり妙な気配があったな」

「どうする？」

「少し様子を見ることにしよう。おそらく、ファジラのことを見にきたのだろうし」

「それなら、俺が適任だな」

「あぁ」

短い会話の中で違和感を確認し合った俺たちは、それぞれがすべきことのためにそのまま別れたのだった。

◆◇◆◇◆

部屋が真っ暗な中、手がゆっくりとベッドの上の人物のもとへと伸びていく。

その手には鋭く尖《とが》ったナイフが握られていて、尋常な使い道をこれからされることはないだろう、と誰もが予測のつく動きをしていた。

しかし、その直前に、

「……それ以上はやめるんだ」

部屋にそんな声が響き、ナイフの動きは止まる。

そこでナイフの持ち主は、その部屋の中にターゲットの他にもう一人、奇妙な人物がいることに気づいた。

真っ黒なローブに骸骨の仮面。

つまりは……俺だ。

「おや、レントさん。なぜこんなところに？」

「それはこっちのセリフだよ。アデラ司祭」

そう、そこにいるのはアデラ司祭だった。

そしてベッドの上に眠るのは……。

「簡単な話ですよ。私は、このファジラに恨みがあるのです。だからその命を……と思っていたのですけれど」

アデラはそんなことを言いながら自嘲するように笑った。

「あんたは人格者で通っていたはずの人だろう。なぜそんなことを」

「聞きたいのですか？」

「それで断念してくれるのなら」

「……ふっ。断念も何も、こうなっては諦めるほかありませんよ。で、理由ですが……私、昔は冒険者をしていたんです。この男、ファジラと共にね。ですが……ある日、パーティーから出ていくように言われまして」

「ん？　何か揉《も》めたのか？」

「いいえ。錬金術師は必要ない、と言ったのですよ。この男が。なんの役にも立っていないからと。確かにその時の私は駆け出しでしたから、さほどの技能はなかったのは事実ですが、日々成長していたのですよ？　それなのにこの男は簡単にそうやって私を放り出して……しばらく私は路頭に迷い、最後にやっと拝錬教に拾われて生きる術《すべ》を得ました。しかし、その間にこの男は王都の冒険者として幅を利かせるようになり、私は居づらくなってマルトに落ち延びたのです」

「あー、それは……」

よくあるといえばよくある、パーティーからの追放話だった。

しかしやられた方から見れば恨みつらみが募って仕方がないだろう。

ただ、今日までは復讐心《ふくしゅうしん》など持たずにやってこられたというのに。

出会いというのはいいこともあれば、こうやって悪いこともあるということだろう。

ファジラがこうしてここに来なければ、こんなことにはならなかった。

「我ながら笑えますが、顔を見た瞬間、憎しみを抑えられなくて……やっぱり殺させてもらえませんか？」

その瞬間、歪《ゆが》んだ笑みがその顔に張り付き、ナイフが振り上げられる。

俺は急いでアデラまで距離を詰めてその腕を摑《つか》んだ。

「……やめるんだ」

「なぜこんな男を庇《かば》うんです」

「それは俺の方が聞きたいが」

「……え？」

「殺したいなら、今日、素材など提供しなければよかっただろう。それでも渡したのは、あんたが今はもう、しっかりとした司祭だからじゃないのか？」

そう、あの素材がなければ治療薬は完成しなかった。

それなのにアデラは二つ返事で寄越したのだ。

言われて初めてその矛盾に気づいたらしいアデラは、その瞬間涙をハラハラと流し始め、

「……確かに。そうですね……何の疑問も感じずに、そうしなければと……そうか。もう、私は……すみません、レントさん。私は……」

「断念してくれたなら良かった」

「最初から無理だったような気もします。さて、こうなっては自首しなければなりませんが」

アデラがそう言ったところで、

「……そんな必要はねぇよ。俺は何もされちゃいねぇんだから」

そんな声が響いた。

声の主は、眠っていたはずのファジラだ。

途中から目が覚めていたことには気づいていたが、無反応だから寝ぼけているものかとも思っていた。

しかし意識は割としっかりしていたらしい。

アデラは気づいていなかったようだが。

「ファジラ……あなた、眠っていたのでは」

「途中まではな。だが、目が覚めて、話を聞いて、あぁ、俺はここで殺されるべきなのかもと思ってよ。それで黙ってた」

「あなたは……」

「アデラ。今更だが、あの時は悪かった。俺は若かった……というのは言い訳にも何にもならねぇが、錬金術師ってもんをよく分かってなかったんだ。今日だって助けられたってのに、馬鹿だよな」

「……はぁ、もういいのです。私はあなたを殺そうとして、諦めたのですから。これから自首……」

「だから、それもいいだろ。俺が殺されてねぇんだから」

「本気なのですか?」

「俺がしたことに比べりゃ、問題ないだろ。それにお前は俺の娘の未来も助けてくれたようなもんだ」

「ミミルさんでしたか。いい子でしたね……私は人の親をも奪おうとしていたわけだ」

「自己嫌悪するなよ……」

二人がそんな風に話し始めて、もう問題はなさそうだと思った俺は、そのまま部屋を出ていくことにする。

和解した、かどうかはっきりとはしないが、少しずつわだかまりは消えていくのだろう。

そんな気がした。

あとがき

ついに第八巻になりました！

手に取っていただけた方、購入していただけた方、本当にありがとうございます。

コミカライズ六巻の方も同時発売しておりますので、どうぞそちらの方もよろしければ手に取っていだければ嬉《うれ》しいです！　よろしくお願いします。

さて、最近の近況報告なのですが、ここのところ時間のやりくりというものを考えます。

もともとあんまりそれが上手じゃなくて、どうやったら毎日の時間を適切な作業に分配できるのか、日々悩んでいます。

私は平均的に、一時間に原稿用紙八枚分くらい執筆するタイプなのですが、それを何時間も続けられるのかと言われるとそう上手《うま》くもいかなくて、大体、二、三時間やったら間をそこそこ挟まないと何も出てこない、という感じになります。この隙間時間を上手に活用できればいいのですが、あんまり時間を刻んで使うのが得意じゃないために、結局何もしないで終わることが多いのです。

読者の皆さんはきっちり時間を区切って何かをできる方でしょうか。それとも……？

上手く時間を使えるようになりたい今日この頃です。

なんでそんなことを思っているかというと、私は元々読書が好きで、以前は毎日一冊くらいは小説を読んでいたのですが、小説家として毎日文章を書くことを仕事にし始めてからどうも、活字から離れたいと無意識に思ってしまっているのか、一週間に一冊読むくらいが関の山になってきたからです。それでもいいじゃないか、そう思ったりもするのですけど……。

小説を書くという行為は一見、紙とペンがあれば、今であればパソコン一つあれば他に何も必要がない行為であるように見えて、意外に自分の中にあるものを消費しているような気がするのです。それは例えば、今まで生きてきた人生の中で培われた価値観であったり、思い出であったり、取り入れた知識であったり、もしくは強い感情を抱いた経験であったり……。

そういったものはあくまでも形のないものですから、何度使おうともなくならないように思えますが、小説を書く、という行為で使うとなんだか擦り切れていっているような、妙な感覚になるのです。ですから、何処《どこ》かから新しい、そういう《何か》を取り入れておかないと、何十万キロも走った車の如《ごと》く、ポンコツになってくるのですよね。

そしてその何処か、の最も容易なものが、小説や映画、漫画などの自分以外の人間の作り上げた物語や芸術だなと思うのです。

だからそれらを取り入れる時間をどうしても捻出したい。そう思うのです。

でなければ、擦り切れていずれ何も書けなくなってしまうから。

今のところ、まだそういった時間を確保できる良い方法は見つかっていませんが、意識的に確保して、どうにか自分の中で消費されたものを補充できるだけの何か、を取り入れられるように頑張りたいと思っている今日この頃です。

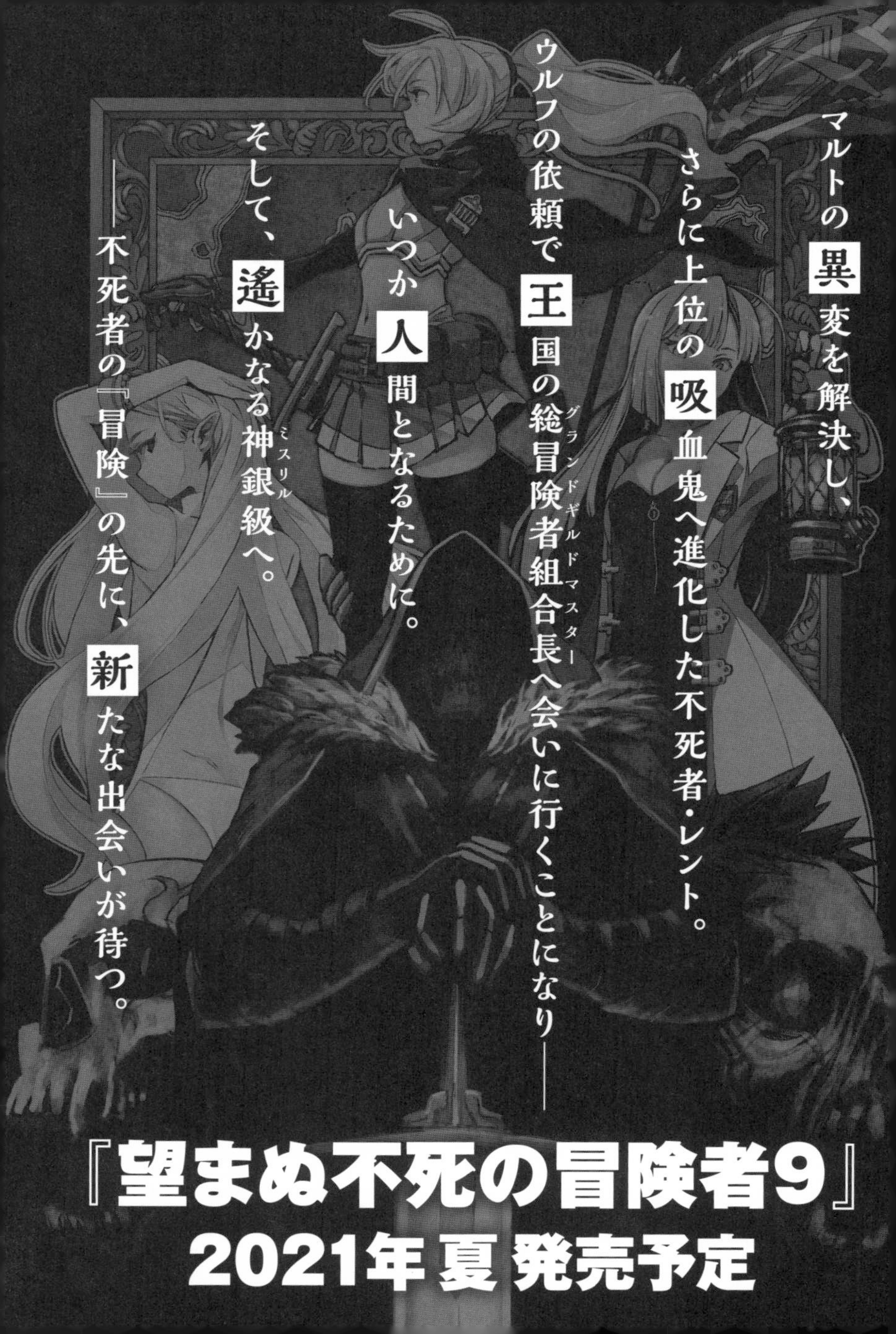
マルトの異変を解決し、
さらに上位の吸血鬼へ進化した不死者・レント。
ウルフの依頼で王国の総冒険者組合長《グランドギルドマスター》へ会いに行くことになり——
いつか人間となるために。
そして、遙かなる神銀《ミスリル》級へ。
——不死者の『冒険』の先に、新たな出会いが待つ。
『望まぬ不死の冒険者9』
2021年 夏 発売予定

『望まぬ不死の冒険者』
漫画／中曽根ハイジ
原作／丘野 優
キャラクター原案／じゃいあん
ごごんにぢヴぁっ
おおでヴぁれんど…
ひいっ!
コミカライズ連載中!!
第6巻
同時発売!
コミカライズ最新情報はコミックガルドをCHECK!
https://comic-gardo.com/

OVERLAP NOVELS

望まぬ不死の冒険者 8

発行 2020年11月25日 初版第一刷発行

著者 丘野 優
イラスト じゃいあん
発行者 永田勝治
発行所 株式会社オーバーラップ
〒141-0031
東京都品川区西五反田7-9-5
校正・DTP 株式会社鷗来堂
印刷・製本 大日本印刷株式会社

©2020 Yu Okano
Printed in Japan
ISBN 978-4-86554-787-0 C0093

※本書の内容を無断で複製・複写・放送・データ配信などをすることは、固くお断り致します。
※乱丁本・落丁本はお取り替え致します。左記カスタマーサポートセンターまでご連絡ください。
※定価はカバーに表示してあります。

【オーバーラップ カスタマーサポート】
電話 03-6219-0850
受付時間 10時～18時（土日祝日をのぞく）

作品のご感想、ファンレターをお待ちしています

あて先：〒141-0031 東京都品川区西五反田7-9-5 SGテラス5階 オーバーラップ編集部
「丘野 優」先生係／「じゃいあん」先生係

スマホ、PCからWEBアンケートにご協力ください

アンケートにご協力いただいた方には、下記スペシャルコンテンツをプレゼントします。
★本書イラストの「無料壁紙」 ★毎月10名様に抽選で「図書カード（1000円分）」

公式HPもしくは左記の二次元バーコードまたはURLよりアクセスしてください。
▶ **https://over-lap.co.jp/865547870**
※スマートフォンとPCからのアクセスにのみ対応しております。
※サイトへのアクセスや登録時に発生する通信費等はご負担ください。

オーバーラップノベルス公式HP ▶ **https://over-lap.co.jp/lnv/**